時間小史

A Brief History of Time

陳詠文 集

【目次】

時間簡史

· 如見　105

大江西去，浪淘盡，一個個千古風流人物曾經都當過我們的信差。毛主席該是做夢也沒有想過，曾經替反動派傳遞過反動信息。

· 外婆的故事　117

柯瑞根（Corrigan）出版一本專門研究《大亨小傳》如何由不被看好，到後來被奉為美國文學之珍的心路歷程。比起一本有跡可尋的小說世界，那不能剪不能裁的人生……原來是因為造物主在被造的世界中放入了時與空。

· 柳侯墳周圍的槍聲　129

正如「伊甸園」的結局，安娜和小獅子的命運我們亦無從得知。活多幾個月、又或者有幸再繼續活多七個月到日軍撤退，最有可能是入了同胞的胃。

- **蘇武牧羊**　145

各家各鋪一蓆的打著沙丁地鋪。屋中人群，連我們、一共三家基督徒。難民驚魂還未定，日軍卻已接踵而至。

- **雲山漸遠**　169

準備時刻，老師發給每人一條黑紗布，讓我們別在手臂上，吹哨讓我們列隊，不久，一艘停泊好了的小船，緩緩吐出了一口棺材。

- **雨打芭蕉**　185

夏理柯（Harry Ore）當日的學生，不知是否人人都像我們一樣，只知他是個流落香港的蘇聯人。香港有的是難民。如此類推，老先生便是列寧的難民。人人都是難民。

推薦序

陳年之詠莞爾書：我讀《時間小史》

名字在聖經，往往是基督之旨神所諭。就像使徒「彼得」之於「磐石」、先知「以賽亞」之於「耶和華拯救」……諸如此類，不一而足。

那麼，陳詠這個筆名呢？

讀了她的《時間小史》，深感筆名書名互效力的屬靈意涵。

陳詠應深知所信之主對自己的恩賜，而既蒙恩受賜了文學和音樂的基因，便勤勤懇懇以讀寫彈奏為頌為詠，不僅樂在其中，且還樂在其中的分享和見證，從年幼到年長，一路行來的習之未改、喜之不盡。

真的真的。《時間小史》明明是白話散文的閒閒陳述，陳述或今或昔、或這或那、或承平或戰時的百姓日用倫常事，但似乎閒閒的如是之書，讀著讀著，便越來越能受惠知識人陳詠無處不在又興味不已的學問。換句話說，忝為喜掉書袋的女老師，我毋寧是認同陳詠女性特質的知性碎碎念，在真實生活或人際關係的感性語境下，近乎不厭其煩地說文解字、微物細節一番。

舉個例，全書之首的〈捉襟記〉就很典型，起於一個英文單字，展開一樁闖空門的遭偷刑案……落落長的一篇意猶未盡，下回分解還有〈抛物記〉。英美文學博士出身，陳詠常請來文學大師，莎翁、C.S. 路易斯和托爾金及並稱牛津三傑的威廉斯，現身於〈鬼影幢幢〉的這一篇，最是令我興味不已，卻也隨步陳詠的反思之途，省察難免黯黑的自我。

然而，另方面，《時間小史》還有著超乎飽讀詩書博與雅、兩性差異男和女的一種……一種什麼呢？呵，我聽到了一種屬主兒女的陳詠調性，一種出於卻高於閒閒陳述、人間話語的聖詠調性。

聖詠調性遍及全書。

全書結集了散文十二篇，平均分屬兩組時空，又各題以「閒話今日」、「時間簡史」；前者六篇多今之美國經驗，後者六篇多昔之華南往事。

若將陳詠系譜於華人基督徒女作家，那麼，在年資輩分上，她和臺灣的張曉風（1941-）相當；就生長地緣言，可後續於香港的蘇恩佩（1930-1982）。而儘管是脫俗非凡的「聖」，但陳詠散文的聖詠調性，首先還得定調在地方特性的呈顯，壓卷全書的〈雨打芭蕉〉最稱著例。

彈琴女孩在琴鍵上翩舞著雙飛蝴蝶、錚琮著雨打芭蕉。一向力求零度自戀的陳詠，卻將時間之史停格於令人極度戀戀的一場芳華展演中。初由香港到美國留學的她，為其他三位華裔女同學的服裝走秀伴奏，正如所選粵曲的明媚靈動，半世紀之久的憶往畫面也栩栩；尤有甚者，引介出我可互文於詩篇的聖詠人物——夏理柯（1886-1972）。

這位流浪猶裔的知名鋼琴演奏家，是陳家姊妹，甚而華人音樂史如冼星海、馬思聰、琚兄妹的恩師。正統東正教聖樂背景的夏氏，羈旅香港多年，改編那一帶的若干民間音樂，〈雨打芭蕉〉是其一。陳詠特別提到舊版琴譜的夏氏半身封面照——「幾分異鄉異客的緊張和拘謹」。我將這篇視為另篇〈一生之歌〉的延伸閱讀，宣稱為「個人教堂吟遊傳」的〈一生之歌〉載有中譯聖詠多種，文獻意識和分類觀，均彌足珍貴。尾聲迴盪詩篇「一想起錫安便哭了」的流浪猶裔之歌，呼應之前提到的今人小說《開封的猶太人》，未始不是華人離散的史實投射。

值得感恩是基督信仰，使人心喜靈樂身安然，便節制了創作的過度感傷。

除了「陳述」之外，「陳」之於食鹽多過別人吃米年紀的資深作家言，還可指涉時間積累的「陳年」好物，越陳越醇的醇酒，越陳越香的香水。

勤練鋼琴的陳詠，必更能領受時間積累下的「老練」之好——保羅「患難生忍耐／忍耐生老練／老練生盼望／盼望不至於羞恥」的「老練」。

論者嘗謂陳詠散文有幽默感，我以為她的幽默感來自靈命成長的「老練」，老練而不是老油條。當活在不至於羞恥的盼望中，時時處於引吭彈奏的頌詠狀態，那麼所書所寫，自可傳來為之會心為之莞爾的弦歌之聲。

這就是筆名陳詠的《時間小史》，一本令人會心而笑的陳年之詠莞爾書，具有閒閒陳述的聖詠調性，邊說邊彈邊唱；是生於戰時華人基督徒的吟遊別傳，且逃且留且吟且遊，卻始終不離所信不棄所望。

康來新
中央大學中文系退休兼任教授
成立並主持全臺唯一的紅學研究室迄今

閒話今日

・捉襟記

「一命嗚呼」，英語諧稱 kick the bucket。

此「踢桶」一詞，淵源久遠，典故眾說紛紜，沒有定案。華人立場，管它甚麼淵源，看圖識字，頂呱呱的傳神。一腳把桶踢翻了，不就是禮成了嗎？不就是「翹辮子」的又一寫照嗎？

由「踢桶」一詞分出來的另一俗語是 bucket list。

美警前些時候逮捕了一個打劫銀行的婦女，中年中產，與一般劫徒的典型相去十萬八千里。法官好生奇怪，審問打劫的理由。女士回答說，這是她 bucket list 上的項目之一，即是她希望於「踢桶」之前能夠一嚐的經歷。

本人生性「坐安、立不安」，口號是「一動不如一靜」；在美國這個「過動兒」國度裡坐了半個世紀，仍然出淤泥而不染，最大的抱負仍舊是高寢直至壽終，壽終正寢。Bucket list 這種事，連聽見都覺得累，避之猶恐不及。何況活久了就會發覺，人生有很多 bucket list 事件，你不必去找，bucket list 自會找上門來，超過你所想所求。

「高寢」作為抱負，「不動」作為人生日常最高境界，本人可以說是幾近登峰造極，到了一個地步，連車門、家門都慣性的懶得抬手去鎖它一鎖。近朱者赤，久而久之，連丈夫亦跟著拖泥帶水，門戶隨興開關不以為意。

如是者，二人不亦樂乎的轉眼便活了幾十年，不知省下了多少的瑣碎，從來亦平安無事，活得越來越輕鬆。眼看此生就這樣快活以終的時候，沒料有一天老伴忽反以往，忽然無緣無故的勒令我鎖門，更意外的是、此令一頒，竟成了他的最後遺囑。

不但如此，接著連那位幫忙照顧病中丈夫的美國大漢，亦復以此一再叮嚀。「我以後不來的時候，」大漢跟我說，「你要記得鎖門。」是因幾年以來、我都不鎖門，利便他隨時進出。大漢是一位退休警察。

忠言、遺訓自是嚴肅之事，而且我也明白，此間人口連年遞增、日益複雜，聰明人越來越多，民風不復天真。今日美國早已不是四、五十年前的美國了。於是便開始督促自己，從此要好好的小心門戶。自問成績不錯，很快就到達了八、九十分，一立地就差不多成佛。

一位好友卻仍不放心。他告誡我，還是裝個警鈴最保險。

警鈴裝了。沒料此物有多麼的可厭復可畏。出也叮噹，入也叮噹不說，人入了屋，明明是主人，大包小包一時拉拔不過來，手腳慢了一點，它便是不管

三七二十一、扯著嗓門死命的喊賊。

心想，賊還未來，就先給你嚇死。折衷辦法，日間不准出聲，還我自由出入之身，晚上另當別論，靠記憶。反正前園後園不是都插了牌，公告此屋裝有警鈴了嗎？誰會知道你按了沒有？誰敢來冒這個險？

不失為君子一個

就這樣，我家警鈴值班分晝分夜，斷斷續續，如此平平安安的又過了多年。

有一天外出回到家裡，一切如常，只是有些櫃門是開著的，地上有好幾書疊。一時反應不過來，敲敲腦袋自問，出門之前可翻找過書來著？似乎沒有。行經琴房，琴上小電視不見了，窗台上的手提收音機亦不翼而飛，這才頓悟：不好了，有人進來過了！

再看看，鋼琴移歪了一點，同牆壁成廿多度角，分明是為著拔出電視的插頭。琴看來卻是移得甚為仔細：琴上危危乎的疊書和多個鏡框都不曾搞亂或打翻。只有一個小鏡框拿了下來擱在琴凳上，亦沒損沒傷。

不能不驚嘆，好一個斯文賊啊，取之有道，說不定還是個愛惜書本又會彈琴的人物呢。劍膽琴心。人雖在樑上，仍不失為君子一個呢。

走到客廳，更令我驚訝，難以相信：家寶文物，一一在目，居然甚麼都不曾拿走。下意識不無幾分歉意，因為我家的東西分明沒有一樣投賊之所好。

時下寶物，大型電視、高級音響，一樣都沒有，真是白勞其駕了！接著心生感激，因為常聽賊人若偷不到好東西，往往會將東家房子糟蹋糊塗以洩其憤。我的小偷分明有家教、講規矩，手下留情。

樓上，除書房、地上有些零星書疊、紙疊，睡房儲物室幾個旅行空箱子不見了之外，其餘床床榻榻各在各位，無一缺席。及至走到地下室，終於才見賊跡，一地的零碎。面向樹林的後門復又敞口大開，門檻上橫著厚書一本似的、是我大鍵琴調音用的工具盒。

這些東西我還不曾發現不見了，原來卻已被運到了樓下，分明且經複選過、斷定不值一拿，扔下來了。門外樹叢上掛著兩頁廢紙，撿來一看是教會的通訊錄，無關重要。

心想，除了搞亂秩序之外，實在亦不見有甚麼值得一提的損失，保險公司不報也罷，但無論如何，屋子裡總是入過賊，理應報個警吧？接通了911，自己的名字都還沒交待清楚，舉目一看，怎麼警車居然已經停在前園了！

「嘩，你們怎麼這樣快啊？警察已經來了！」我同電話說。隨手掛掉了聽筒，趨前開門。門一打開，來警劈頭就問：

「妳就是陳詠嗎？」

「你怎麼知道?!」我驚異之至。

「我們拿到妳的支票本。」他說。

我這才得知、原來我們所有的財務文件、支票本、社會福利卡、歷年的護照、車照，一切身分要件統統被撈走了。怪不得我覺得好像甚麼也沒拿，原來我看的是東，來人擊的是西。

據稱小偷二人，來自外州，業已在附近一帶活動了些時，已經引起了當局注意、跟蹤，今日終於在一家旅館中被捕。換言之，一光顧完我家，隨即落網。敬陪末座，竟是福從天降。失主尚未知覺，小偷已然落網。尚未祈求，就已答應。奇妙之處，如夢似幻。

警察情報至此，忽有所悟似的問道：

「妳家裝有警鈴的，不是嗎？」

「是。」我不得不招認。「但真是sorry得很，」我說。「我離家時極趕時間，來不及……」正如一切本能的自辯，只有一半是事實。

一邊說，心中便是一邊自鄙道：「無恥，妳給我閉嘴！不到半秒鐘的一按都來不及、呼吸妳來得及嗎？」

實則白晝離家，照例不上警鈴是也。這失竊事件，心知肚明是一百個活該，是以一面厚顏自圓，一面本能的硬起頭皮來，預備接受必然、也是活該的官方訓話。不料，不同文化就是不同文化。此官若無其事。請賊入屋分明是我的自由，捉賊是他的工作。

「我還得在此逗留好些時間，」他說。「我得全屋到處巡查一下。妳隨便做甚麼都可以，就是不要觸摸任何的東西。」

「彈琴，行嗎？」

「不要。琴也被摸過了。」

想不出有甚麼是不摸、而可以做之事，除了觀光。於是躲到一邊去，遠觀警察的作為。

警察到處灑灰刷粉，收取指模，就像偵探電影一樣。最後輪到地下室，我自然不好緊緊跟隨。不久，他似乎有所發現，招我下去。

原來我們有扇後窗是開著的。這種左右移動的玻璃窗門，開盡的時候就跟關上差不多樣子。我只發現了運贓出屋的後門大開著，還不曾注意到這一扇窗戶。

「妳看，」警察說著、隨手將窗門左右移動：「窗子可能不曾鎖上。一推，外面的人一腳就跨進來了，方便不過。」

「唉啊！」我說，「這窗子恐怕不曾鎖上已經三、四十年啦！」

有次我們把自己反鎖屋外，想起廚房中正在炸東西，急急踢破這一扇玻璃、跳入屋裡去關火。事後請人來修補的時候，必定是工人將玻璃裝妥、關上便走，根本不曾替我們鎖好，而我們幾十年來亦都不知不覺。

真個是人生也有涯，知也無涯啊！芝麻小事，事之越小，越是不曾來入夢。不是嗎？遺訓、叮囑全只叫我鎖門，從來沒有人提過一個窗字啊。泰山人人識；原來細節，如西諺所言，才是魔鬼之所在。

不曾捉過襟的人，不一定能預知會露肘的呢！捉襟、見肘一齊來，是時勢造英雄，可遇不可求啊。如此 bucket list，不是不鳴則已，一鳴驚人嗎？

不值一追

敘事至此，恍悟，「捉襟見肘」事件於我，原來此非首次。實則還不到一年之前，已經遭遇了平生第一劫，居然完全水過鴨背，前車不鑑早拋腦後了。可見有人可以皮厚至此，「捉襟見肘」一齊來，又怎麼樣？

第一劫是車劫。

警察來到，第一句亦是：「妳的車門鎖了沒有？」那是我第一次賠Sorry。警察亦未置可否。失物是一只公事包。

「裡面有沒有證件？有多少現金？」警察問。沒有。聽見有的不過是一疊管風琴音樂書、一本聖經和幾十元郵票，警察輕鬆之至。偷書賊自然不值一追，就是追、當然亦不可能追得回來，照例只是記載入冊作為統計了吧。

警察見我那副同失物完全不成比例的哭喪臉，有點費解，一面寫報告、一面安撫道：「明天、後天，妳可以開車在附近幾條街到處巡查一下，說不定他們打開公事包一看，發現都是廢物，便隨即扔到路邊去了！這是偶有之事……」

音樂書自不是甚麼寶貝，棄舊置新不難。然而新書於我何益？舊書無價，在於自己經營了一輩子的眉批、提醒。正如那本新聖經，皮面金邊不錯，反不如家中那本已經用到體無完膚、畫滿記號的老古董來得重要。

兩次劫事，賊方而言，一成一敗；成功的一次得一疊垃圾，敗之一次，雖已到手，得而復失，還蝕了一把米，被關起來了。換言之，一次錯的，一次中的，全部徒勞，可是兩次都正中我的要害。

莎士比亞《奧塞羅》劇中言：**Who steals my purse steals trash; 'tis something, nothing**……偷我錢包的人，偷的不過是垃圾；不錯，我稍有損失，但不算回事……而偷我聲譽的人呢，所得於他毫無用處；於我，卻是無可彌補的損失啊。這麼說來，偷兒成功的第一次所獲，連垃圾都不如。但是第二次就非同小可了。

不是嗎？這次屋劫，偷兒之意正是不在物，而是在名也。萬幸不曾成功。若是成功，我名、我譽便是任其宰割了。身分被冒用，所要面對的麻煩，付上的精力，不堪設想。所需的時日，也許連餘生都不夠用。因為前幾天才聽見新聞採訪，一位身分被盜的女士：事已多年，至今餘災未了。

原來賊，又可分為兩種

想來不堪設想之事還不只此。

這一個月我本有遠行探親的計劃。正要訂機票時，一位姐妹因要動手術，臨時得找人代替她教會事奉的月職。求之於我，我因計劃在先，不便答應，後來想來想去，才轉念留守替代。劫事之後，我越想越不能不心生感激：姐妹簡直是替我生的病啊，因她之病，我得免大禍。

因為可想而知，我若成行，一去半月，小偷之訪我便是聾人不知天打風，還逍遙在外休哉、遊哉呢。贓物回歸等事宜還屬其次，駭我想像的是：偷兒替我後門大開，面對原始叢林，凡兩、三星期。兩腳動物、另一批小偷來訪的機率應該不大，但四腳、無腳、八腳之賓則肯定絡繹不絕。

我們這拓林而建之區，日有野兔、夜有狸貓，蛇蟲鼠蟻、飛禽走獸，哪一樣沒有？野鹿，經常像鄉下親戚來拜年似的，拖男帶女嘻哈而至。天時地利，不失為一幅聖誕卡上的好景致。然而，無日無夜，天下為公，閒獸任進？狸貓大約是必定報到的。

一提狸貓，耳邊馬上就響起句警語：

「要給我們擒拿狐狸！」

這是我代兒時，中國教會流行之語，出自《聖經：雅歌》，幾乎成了句口訣，「要給我們擒拿狐狸，就是毀壞葡萄園的小狐狸……」意在提醒大家謹防難捉難摸的心靈敵人。

此次屋劫，加上上次之車劫，引發我許多的聯想。譬如寫到這兒的時候，我先就好奇：我們這兒的狸貓、同狐狸有沒有親戚關係？上網研究一下：似無關係。但二者同是聰明輕巧的動物，門門洞洞一有機可趁就可竄出竄入。

狸貓且是夜行，面貌又活脫幼稚園的小可愛，不像狐狸尖嘴吊眼，一副滑相，令人提防。狸貓的智商，看來還賽過狐狸，因其難題解答的記性云云，能保三年不衰，是諾貝爾級的獸材。這傢伙的特點是既開胃又不揀食，葷素咸宜，死、活，香、臭不拘，連毒藤都吃得不亦樂乎。本能的專業就是三更半夜將人類垃圾箱翻炒滿地，宵夜。

我領過牠的當，起初還錯怪了野鹿呢。

有日一早起來，發現後園的垃圾箱塌倒地上，垃圾袋扯破，垃圾散得一地。我戴起膠手套一面撿拾、心中邊咒鹿族，因為野鹿聲名素來狼藉，以其最愛光顧踐踏人類苦心經營的花花、果果、菜菜。

及至跑到園藝店向專家討教驅逐防範之法時，才知道我大有可能冤枉了鹿族，原來幹這類好事的，本地獸中以狸貓為首選。但是怎麼都還是拿不到獸証、物証。狸貓，唯見成績不見人。

想想看，一個聰明絕頂又能神出鬼沒、夜行的傢伙，做起壞事來，想捉牠，是捕風、是捉影啊。

有一天，有隻本地狸貓，一不小心還是掉進了一位朋友家裡的壁爐煙囪裡。朋友客廳中，爐子裡、煙囪底，那不速之客一副天然黑眼鏡後面、兩隻眼睛天真無邪的巴眨著。又因墨鏡八字形狀，還幾分楚楚可憐的模樣。

朋友硬著心腸，立即電報動物派出所。

衙門果然派來了個專人來捉。

不料，武松駕到，貓卻不知何時、何法已經原路折回、溜得無影無蹤了。高明！其技可是正式賊之可比？

這一下就讓我發覺，原來賊，又可分為兩種。一為「標竿賊」，一為「本能賊」。「標竿」這名詞，自是借用一本暢銷好書、中譯得切題又醒目的書名《標竿人生》，指有目的、有計畫的活出一個有意義的人生。「標竿」，應用在賊身上，自然就不是好事了。大者如最普通的殺人放火，小者如我的車賊和屋賊，偷東西、偷身分：目的雖不達，但志向肯定有。

「標竿賊」，我並不怎樣擔心，因為活了這麼一輩子也不過經歷了上述兩次效率不高的劫事，犯不著杞人憂天。而且正如此次屋劫之後、一位朋友說的：賊入過屋，也好，他說，知道了沒有甚麼好偷的，以後就不會再來了。一勞永逸。換言之，要當「標竿賊」的目標還得要有資格。

「本能賊」，才是令人越想情勢越是惡劣，越沒有辦法不草木皆兵。

「本能賊」，是進化階梯上比較低等的賊級。這一賊類、本無蓄意偷竊的計畫，就連偷的意識都不見得有。偷只是個本能，不知不覺，像呼吸一樣自然。生來就是有孔就鑽、有蓋就揭、有門就入，順性而已，即興而已，好玩而已。搞得一地賊贓、滿屋垃圾，甚至滿城疫病的時候，連自己都不清楚功在自己。例如我的狸貓。

狸貓形而上

活久了，不求而遇的 bucket list 經驗越來越多，教我越來越訝異，怎麼有形的世界，要是仔細去揣摩，簡直都在預表著一個形而上的現象？一個是可看之圖，一個盡是可識之字啊！

這就回到了我的捉襟前題來了。

話說車劫之後，為著我那批一去不復回的寶貝琴書，我著實舉哀了不下一、兩個月。從此記取教訓，不敢再厚皮，真的結結實實的鎖起車門、家門，按起警鈴來了。但誰會料到我鎖門、賊爬窗；我鎖東，他擊西啊。

觀諸世事常理，等著瞧好了，本人若是壽至再來一次如上之 bucket list 事件的話，下回必是我鎖東、鎖西，而他卻擊南、擊北了。

南、北茲埋伏於何處？此刻尚是一個謎，事後水落才見石出啊。任憑你多麼的小心周密，擔保你還必有盲點漏洞、必定永遠有所不見有所不覺。掛一漏萬，這就是人啊。

捉過襟、原肘畢露過的人就會發現，關了門、上了警鈴，又怎麼樣？原來還有個四十年都不曾發覺的窗縫。窗縫終於關上了又怎麼樣?還有一扇無形的彈弓門啊!林裡的狸貓、派出所給捉清光了又怎樣?原來自家屋裡還有隻永久寵物、是不容任何人動手的啊。

我恍然忽悟,狸貓形而上,無處不在,防不勝防啊。我有一隻,你有一隻,人之為人,人人與生俱來都有一隻。原來那扇彈弓門,是自家寵貓專用;出入,榮譽制度,任憑尊便。

年事越長閱歷越多,越教我發現,人間風風雨雨,離離合合,往往不過始於無意貓,翻無意垃圾而已。

星火可以燎原。聖經以火比舌。最小的火云云,能點著最大的樹林。少少垃圾可成瘟疫。人與人間,人間社團,人之所在,自然連教會亦難免,往往劫事之後,一屋凌亂,打911報案抓「標竿賊」,十之八九是多餘。

原來我們根本都是一批本能旺盛的狸貓啊!夢遊之人,夜裡閉著眼睛在廚房中耍了一夜,一覺醒來,發現乳酪不見了,趕快報案。這是真賊在捉假想賊啊。

到此我忽然明白了,聖經中「完全人」的定義,標準為甚麼似乎低得這樣可笑,因為把人心內、那隻隱形狸貓透視得太清楚了。人心云云,比萬物都詭詐,壞到極處，沒有人能夠測得透。

人心，這就包括了我的心，你的心。你當然並不一定承認，不只你自己不承認，可能大家亦不公認你是壞人。比上不足、比下有餘。那麼就讓我們暫時撇開自我感覺良好的人不說，把範圍縮小，只包括基督徒吧，因為原則上他們都相信：觀己，知彼；我貓、你貓一樣壞，不只壞，而是壞到了極處，無法自拔，因此才需要救贖。

C.S. 路易斯認為，真基督徒的鼻孔，對內心的化糞池應該是比誰都敏感。換言之，化糞池是事實，聞不到，是因鼻塞。幽默大師馬克吐溫自稱沒有任何族類歧視，形形式式的眾生云云，他都一律寬容。唯一例外，他說，只要一知道是人，甚麼都假：世上沒有任何族類比人更為不堪。

狸貓，人厭我亦自厭，然而有生一日，形影不離，實在無奈其何。舌頭，是狸貓之外交代表，因此聖經退求其次云，「若有人在話語上沒有過失，他就是完全人。」

貓既無法關鎖在家，出門時，拜託用皮帶牽著，不容亂闖擾亂公安，已然求之難得了。就像小說作家安．拉莫特說的：「標準不論多低，都不能沒有。」

不錯，幾近於無的標準也還是一個標準，最侮辱的是，就連如此低的標準，所羅門王似乎都認為可能要求太高。所以又想出了一句更加阿斗的箴言：「愚昧人閉口」云云，「也可算是智慧。」

唉，關鍵就在此：自知愚昧，自然就會閉口。

誰都愛面子，誰都不會故意推隻醜貓出來丟人。皇帝若自知一絲不掛，就不會出來招搖。問題正是，越是愚昧，往往感覺越加良好。所以所羅門的父親大衛進一步只有呼天了——求你禁止我的口，把守我的嘴。求你鑒察我，知道我的心思，試煉我，知道我的意念，看在我裡面有甚麼惡行沒有……

門要關，關不住，貓要捉，捉不住啊。要捉，求你自己動手。這是當過牧羊人、又當過羊、曾經下放過之人的呼籲。

最近看了一本傳記《A Circle of Sisters》，寫英國維多利亞時代、傳為佳話的麥當奴家四姐妹。四姐妹得名，因夫因子：大姐之子得諾貝爾文學獎，二姐之夫是著名畫家，三姐之夫是皇家藝術學院院長，四妹之子是國家首相。但全書最有趣的一件軼事卻是有關四姐妹的父親，麥當奴牧師。

麥牧師最不喜歡聽到背後論斷人的閒言閒語。有次遇此場合，牧師轉變話題無效，便說：「這人誠如大家所說得那麼壞，真是太需要我們的代禱了！」說著隨即跪了下來。

狸貓立即為之語塞，張著的貓嘴凝於半空，半晌才記得合攏起來。

・拋物記

1

最近，家中同我們平平安安、平平淡淡廝守了四、五十年的家當雜物，忽然遇上了一連串不尋常的變故。先是我家破題第一次被盜。此事終告一段落後，我才去就醫，看意外崩傷了、理應積極處理的一隻牙齒。

我的老牙醫剛退休，這位新醫師，我這還是首次上門。認路，我素來懵懂之極。所以介紹牙醫的老朋友，便循例指引了一條最長但最簡單、所謂最錯不了的路線。我亦照例目不斜視，直開到底，果然順利來到診所。

在手術椅子上等候醫師之際，我便東張西望，打量著這個新環境。窗外，隔街對立，是零零落落的樓房，乏善可陳。尤其對正這邊窗口的房子，是間磚砌平房，住家模樣，最普通不過。加以是背對我方，更是沒啥看頭。

及至前後左右再仔細打量，忽有所悟；哎呀，那戶三文魚淺紅色的磚砌平房，不就是我剛光顧過的警察分局嗎？這個可能的巧合讓我十分興奮。一生不曾發現過甚麼，一發驚人。

醫生進來的時候，我急欲求證，忍不住劈頭就說：「對面好像是警察局。」

答道：「是的，是警察局。」

「我家上星期有賊進了屋，」我宣布，不無幾分得意，因為這幾天以來，身為劫後英雄，在朋友街坊間名噪一時。

我分明是醫師第一個認得的、有賊光顧過的病人。我的牙齒馬上又再被貶為次務了。他要聽，我正想講。一求一供，一見如故。

聽見我們的身分證件、財務文件等等被一網打盡，醫師連連咋舌。原來他亦是個從不注意家門的人。他家門戶云云，一向是太太管理；離婚之後，一人生活，萬事隨興，一切更是方便第一了。

「還掉了些甚麼值錢的東西沒有?」他問。

「我們客廳裡的一切文物陳設倒一動沒動，」我本能的回答。

答非所問。甚麼東西算是值錢?要到車房大拍賣時才知道。只因客廳裡包羅了我不少的寶貝，所以賊去後，客廳是我本能的第一關心，因為是我寶貝之所在。

其實歸根究底，那些所謂文物陳設很多根本分文不值，扔都無人要撿；但是對我來說，是掉不得的寶貝。比如說，兩隻鹹菜甕，垃圾兩件一疊，就成了一隻葫蘆。葫蘆放在那個位置，對我來說就是恰到好處。缺了這一樣，全廳大局就不順眼，連真貨都會因此而遜色。

牽一髮，動全身。這是個人之見。我寧可你抬走我的電視，莫動我得來全不費工夫，但是踏破鐵鞋再無覓處之垃圾。幸而賊比月亮更知我心，抬走了我的電視，葫蘆一動沒動。

「警察說，」我繼續同醫師解釋：「文物一類，小偷通常一概沒有興趣……他們要的是可以很快就能變賣的東西。」

2

醫師扭開了手術燈，讓我張口檢查之前，又回望了一下對街的警察局。

「我時常覺得奇怪，」他說：「為甚麼那些窗玻璃全上了漆？」

果然，我還不曾注意：那警局平房整排後窗的玻璃，一一塗死了，灰不灰、白不白。這一來又不再似住家，倒有幾分像太平間了。我這才馬上醒起那排不容見光的窗子裡面是甚麼。

「你知道為甚麼？那是贓物房啊！」我宣布。

前個星期，第一次上警局，只見門前無鈴亦無人，唯見門側有個傳話機。戰戰兢兢的報入姓名、上訪何事。問問答答批准後，才聽見門後一層又一層、徐徐開鎖之聲。

警察出現，引我入屋後，又一層又一層的反鎖、進入內屋。最裡面的一層，就是贓物所在，封窗閉戶，只有燈光。

贓物房中央，大桌一張。上面攤著各式電器，電腦、電視、零件，滿滿一桌。桌子周圍地上是其他的雜物，大多是行李箱子，三兩成堆。

我家那幾隻一眼就瞧見。一隻蘇聯手提箱，三隻大小不等的旅行箱，雖不成套，卻已像結拜兄弟那樣排排站在一起了（大約因為我家旅行箱上都有名牌）。堆在上面的，是一隻巨型膠質垃圾袋，據稱裡面就是我家的一切檔案紙張。警察分明已經花了些工夫，將能夠識別的贓物分了家了。

大檯上的電器雜物，因為無名無姓不知所屬，是孤兒，才攤出來等候認領。我家的電視、電腦我亦一眼認出。

之外，居然還有好些久違了的雜物。我根本連它們的存在都早已忘記，更莫說發覺它們不見了。驚奇之餘，本能的喊了幾聲：「哎呀，原來這東、這西也都拿去了！廢物、廢物也！」宣布得聲色十足。

甚麼充電機、花草樹木、剃頭機等等園工機器，全是年輕力壯之時的玩意，早因人、機雙雙告老告殘告終，置諸高閣有年了。

廢物，難得小偷看上拿走。卻不幸，浪子又回了頭。靈機一動——目前不是個千載一時的機會嗎？於是請問：

「這些東西能不能不領？能不能麻煩官大人你們替我扔掉？」

不幸禍已從口出，那聲哎呀分明已經將自己賣掉了。警察說，若是無人認領之物，另有法定之處理辦法。但是認了之物，非拿走不可！

最後虧得一位好心的女警，替我將全部東西逐件搬到車上。越疊越高，她不免替我擔心卸貨時怎麼辦？說道：「你們教會可有年輕人來助你一臂？」

奇怪，她怎麼知道我去教會？

她接著又說，「那邊街尾有個公共垃圾箱，你也可以拿到那兒，將一些不要的物件先行扔掉，回到家裡就會輕省些。」

3

此刻坐在牙醫椅上，看那層層戒嚴，所保護的，竟是我棄之不得的敝屣，真是好笑。

想到這兒，順便警戒一下這位也是不鎖門的醫師仁兄：有要緊的東西，最好不要放在公事包裡。我車子、家裡兩次遇盜，公事包似乎都是必拿之物。小偷倒楣，我兩包都是垃圾！敝屣誤作繡花鞋。敝屣，是如今。當初，敝屣果真曾是繡花鞋。

譬如那只公事包，是我和外子人生高峰時代進門的。

共產蘇聯時代，有次國際學術會議在莫斯科舉行。蘇聯政府層層森嚴戒備，先兵後禮。外賓護照，每天出門之前，交旅館扣留。之後，克里姆林宮會場便是進出無阻。之外，觀光、看秀又送禮。禮物之一，是一只名貴、醒目的手提皮箱。

手提箱那時是繡花鞋，入門十多年後，新鮮漸失，被我拿來存放有待清理的聖詩。這該就是警察得知我們是基督徒之故吧。

由皇宮至冷宮，是萬物發展規律。

丈夫那一批園工機器更是如此。入門之初，無一不是寶貝。難得書呆子喜愛勞動，雜務園工雖然一竅不通，但機器應有盡有，應無亦有。每次寶貝扛回之日，他就會急不及待的在園子裡不斷的實習：一會兒生火、一會兒熄火、機聲隆隆，樂此不疲。

有時天都黑了，看他還拿著說明書翻來翻去自強個不息。我脾氣超好之日，便會在屋裡替他打開了室外捉賊的探照燈。如今倒真的是捉到了賊，卻巴不得老寶貝一去莫回頭。原來繡花鞋與敝屣，是同雙鞋啊。萬物各按其時。

無論如何，話說一批賊贓雞肋由警局運到家的時候，萬幸，一對洋人正在健跑經過。管不了甚麼陌生人，趕快喊來救急。好先生助人快樂、手腳俐落，在太太傾聽我的阿里巴巴情節之際，他三步兩腳就將我全部家當運了入屋。最後，我自己不過揹那聖誕老人垃圾袋而已。

4

接下來是善後——凡是仍然在用的物件，諸如電腦、電視之類，各歸原位。工具、機器，無力處理，請幾家可能需要的朋友前來認領，有用、沒用，各安天命。

此次劫事，讓我發現了平常人生福中一大不知之福。一生當中，不知有多少等待完成的清理。比如我放在蘇聯公事包中的歌譜，週積月累，越疊越厚，轉眼十多二十年。

劫事之後，讓我悟出：清理之事，逍遙一點，有一天會自動簡化為清除。再逍遙逍遙，足可緩至後世。如此，大事變小事，小事終變無事，一生不知省去多少麻煩！除非遇劫。

遇劫，明日復明日之明日，突然就變成了今日。

琴譜還容易，十多年都用不到的東西、不必再花精神，一扔了之。那聖誕老人大包袱就沒有那麼簡單了。

幾番折騰之後，一大袋的文書字紙已經秩序大亂。幾十年不曾挪移帳棚，守著同一寒舍，要件照例按年疊存，年復一年，只有新陳，從未思及代謝。眼前這一袋亂紙，新舊大雜燴。超過百分之九十五的廢件中，摻雜了要件，實不知從何著手。

隨手一摸、居然撿出一張老到六零年代的支票。七十五元，交租。婚後第一棲室，賓大附近老屋一間，住窮人三戶。樓下是一家中國研究生人家。他們家小妞喊我 Broken House（爛屋）阿姨，以之識別於其他阿姨。我大考的時候，這家人還給我送過飯！

樓上，我們之外，緊鄰是個猶太單身漢，傳說曾入納粹集中營。這人形容憔悴，難得露面，出現時亦目不斜視、不招不呼，卻也是我人生中另一值得紀念的好旅伴——那時外子是個受訓醫師，值班日以繼夜，最長的一次是三日三夜。我這宿舍出身的人，從未試過獨守門戶，怕黑。可幸那破房子牆壁單薄，每天晚上，單身漢打呼之聲，必按時透牆而來，均勻、鏗鏘，恰到好處，陪我熬過了無數個黑夜。

一張支票，花了我一爐香的工夫。五十（按：50 years 之意）年的支票，要摸到那一世紀？

回憶，剪不斷理還亂，別有一番滋味在心頭。只是，餘生夠用嗎？心一醒，一橫，清理即刻升級為清除。

別以為清除那麼簡單。我本以為整袋也可以像詩疊一樣一扔了之。豈料朋友說，千萬使不得！因為紙片即使過時，仍然印著許多要緊的個人資料，不能讓人撿到。

如此這般，也好，一勞但願永逸。索性趁機將小偷不曾搬走的其餘兩大盒檔案，包括了來美時的各種老證件，連我的中學成績單都在內，統統拿到朋友替我找到的撕件服務店去，按重付費。

三十五元，親眼看著大半生的紀錄入殮，終告禮成。

最諷刺的是，我的真寶貝，賊雖一樣都沒拿，卻在善後清掃的時候，自己幹掉了一件！

牙醫和我，二人嘴巴如此開開合合……牙事告一段落，我需要閉著嘴、咬牙切齒，等候某種漿糊在齒上凝固之際，牙醫分明仍在我們對話的思潮之中，忽然有感問道：

「倘若可以重活一次，有沒有興趣？」分不清他是自問，還是問我。

我開不了口，拼命的搖頭。

劫事，加上我自己親手打破寶貝之憾，給了我另一個啟示。

我這房子，自己打掃了不下幾千次了吧？所向無恙。可就有那麼一天，時間、空間到了一個定點，無端多手一舉，牆上掛著的一個瓷碟，便連同掛釘一同掉了下來。

啪啦一聲，「柳繞長堤」的春色立刻粉碎一地。

瓷碟成雙，畫家朋友華之寧手繪、送我們的結婚禮物。留下「楓葉如霞」的秋色對偶，空牆獨掛。

徒乎荷荷之餘，發現人生原來不就是一條拋物線？由赤腳到繡花鞋、到敝屣，赤身出於母胎、赤身歸回是必然之理。一個自然的弧形，不失對稱之美。許多擁有，與其束手待拋，何不活得負責一點，積極自拋個痛快？

於是下定決心，凡是還有實用價值之物，一一送走。藉以維持精神生活的個人寶貝，不論是藝品還是鹹菜瓶，准予保留。

最後，無多餘床、無多餘鋪蓋、無多餘箱子、無多餘椅子，無多餘鍋子、無多餘碗碟，無多餘一切，盡量接近「身後蕭條」的理想。踏著一雙越穿越接近天足的敝屣，又是一條幾乎赤腳的好漢，隨時可以上路了，就像馬上要出埃及的亞伯拉罕、以撒、雅各的子孫。

不意，還有即時之福。

今日打掃起來，一雙敝屣推著一台輕機，由空房滑至空房，橫衝直撞通行無阻。家之初、四壁之樂。

自忖空屋意外收獲至此，心中忽然醒起，剛才我那斬釘截鐵的搖頭、會不會被牙醫誤以為本人厭世？開得口之後，連忙補充一句：

「活了這一輩子，」我笑著跟醫師解釋：「很滿意了！」

不曾想過再活一次的可能。此刻一憧其憬，非同小可，又要再來一次由四則運算開始，然後代數、幾何、三角、解析幾何？那不就是希臘神話裡薛西弗斯的刑罰？一塊大石頭由山腳推上山，一到山頂，石頭隨即滾下，於是又從頭來過，永不失業，永不畢業。如此之學校，送你去上！

我是一個平凡人，接受、甚至戀戀於平凡之人、最為平凡的拋物線人生，這是造我之主所給。這旅人是有永恆之家可歸的。

古今旅伴中，還另有不平凡之人，不甘於平庸、被動的拋物線，選擇了彷彿是切線的人生。例如選民之祖亞伯拉罕，有一天聽見了呼喚，便斬釘截鐵切線一般的踢掉了舒適軟履，毅然綁上草鞋、揹著帳棚，踏上征途。

出來時還不知道下一步，唯定睛於遠遙在望的更美家鄉。

四則、代數、幾何、三角、解析幾何，何需重覆，重覆幹嘛？拋物的藝術，窮一生還學不完呢！

一生之歌

動意念寫這篇教會經歷的文章已有些時日了，只是一如往常，我是一個難產書生，筆提不起來，然而一連串五花八門可能的文題卻不請自來，日夜糾纏著我那不敷應用的腦袋。

想來想去，既然意欲討論的其實是一生在教會中所唱過的歌，索性老老實實，就稱此文為「一生之歌」。換言之，這是一篇個人的教會吟遊傳，閒話自己「留聲機裡的留聲」。

此「留聲機」者，非指播放古老唱碟用的大喇叭，或是如今教會聚會不可一堂無此物的音響。換言之，不是一台無機物，而是神手所造由始祖亞當至末代亞當都差不多的人類零件——我的耳朵、我的嘴巴……合稱為我的「留聲機」。有機物。

而此「留聲」者，就是我道聽途唱（按：套用「道聽途說」）、不知不覺灌入了腦袋紋路裡的詩歌。紋路保全得好的，可以隨時重新開機播放。灌得不好的，就會不斷的重複一兩句，直唱到發瘋了為止。

有隻阿仔歌

就是這樣，有一天我發現自己忽然唱起來：

「有隻阿仔問其阿咪／阿咪阿咪……」美國戲看多了，染上了一個戲中人物的習慣，就是沐浴時載淋載歌。這是一種下意識舉動，也就是說，腦袋老唱機忽然自動的旋轉起來，唱片便自然的出聲了。

教會詩歌，從小到老灌入了腦袋唱碟裡的，不計其數。

我發現自己留聲機自動播放的傾向是這樣：心情好的時候，諸如阿仔之類的歌仔、一些蜜餞的小品、一些三句、兩句重重複複的舞步頌讚、就會哼哼上口，有詞無詞都無所謂，無需麻煩大腦。

反之，當我身陷困境、垂頭喪氣之日，洗濯時則大多啞口無聲，快快洗完了事，然而掃地吸塵時，就會魂遊象外、愁從中來，難以自拔之際，另一類詩歌就會緩緩飄來：「我步履困倦無力／我心靈飢渴難當／在下扶你／在下扶你／是真神永遠膀臂……」

此等詩歌，錄得仔細，字字清晰，事實上更不必麻煩大腦，但是大腦卻偏偏不讓放過，扣留下來，仔細檢查過才讓通行。

留聲唱碟一首接一首的連珠而來，那供應幾乎無止無盡，到吸塵完工時，也就等於唱足了一堂培靈會的時間了。

這是參加聚會參加了一世紀的成績，是中國歷史教會給予我代最寶貴的遺產。

話說「有隻阿仔」歌，幾十年不曾會面，然後忽如上述這般半隱半現的出現在門口，既不肯入又不肯出，甚難打發。

當初學唱「阿仔」時，我大約只有幾歲大。那時我們逃難在內地。〈阿仔歌〉是鄉下教會的方言歌。阿仔問阿媽關於生死的事，阿媽說她也不知道，生死的事上帝打理，我們時時刻刻都要預備就是了。大意如此。

這是我的兒歌。

主日學裡，我們自然也唱過真正的兒歌。但是主日學年年升級，新歌仔年年換，就像現代崇拜日新月異的投影，印象既零碎當然談不上錄音，洗澡時連個一句半句都哼不出。

對照起來，兒時坐大堂（當時沒有 babysitting 的措施，教會聚會，小孩隨家長出席），耳濡目染的，清一色是大人詩本中的經典詩歌。週週唱，年年唱，教會裡唱，家裡亦唱，週而復始，怎能不熟？

回顧漫漫人生來路，洗澡時乏歌可唱是小事，掃地時若也啞口無歌，內心乾旱疲乏、烈日當空之地，沒有柳蔭？那就很難想像了。我代有幸，天時地利，早早便已插就了足夠的無心之柳。

國難時期，精美快餐和可口甜點，無人買得起，苦難教會餵給我輩的盤中餐，是粒粒皆辛苦的原始營養。不料我們胃口奇佳。時勢造英雄，我們這些孩子，道雖一句也沒聽出名堂，但是一生一世詩歌相隨。

不只一些國難時代結晶之作至今歌猶在耳；福之最者，整本歌本幾百首的經典詩歌，我們全都朗朗上口，營養一生。我代可說是教會以歌牧養出來的一代。

當日「軟體時代」離我們尚遠，聖經和聖詩還是有形有質的「硬體」。硬體，佔空間、有重量，是逃難時的大累贅。而逃難又好比搭上了約拿的船，兇險之際，人人的行李必須陸續的往海裡扔，越扔越輕，以求活命。唯有聖經、詩本，永不言棄。挑夫挑小孩，也挑聖經、詩本。

想想將來若有那麼一天，不幸歷史重演，又得再逃難的話，行李就簡單了。

假設永不停電，那麼，教會不可無的硬體只有投影和音響。信徒則一如現在，聖經、詩本一樣都不必帶，帶自己就行。連自己都不帶也行，音響足可代表。

若是電廠炸掉了，還有一個古老黑人教會的好辦法。黑人文盲的年代，無歌本，亦無樂器。會眾唱詩，詩詞由領會者一行一行的高聲朗誦，喊一句，會眾立刻連調帶詞的和一句，稱為「句唱（lining）」。

黑人樂質天賦，如此之合唱，居然句句合調，絲毫不差。久而久之，聖詩句句銘刻於心。如此唱法，其效果肯定勝過今日雲煙過眼的無限投影。又者，黑人命苦，他們的「靈歌」也格外感人。傳頌後世入了經典之列的，好幾首諸如〈基列的乳香〉和〈我主釘十架時你在那裡？〉都是源自黑人靈歌。

言歸上文，硬體詩本，自然亦意味著精挑細選的限制。唐詩當代，詩近五萬，今日除了學者之外，普羅大眾好歹只知三百首。聖詩最著名的作者，諸如〈每逢思念奇妙十架〉作者 Issac Watts（英 1674-1748），〈神聖主愛超乎萬愛〉的作者 Charles Wesley（英 1707-1788，約翰．衛斯理的弟弟），和〈全路程我救主領我〉作者 Fanny Crosby（美 1820-1915）等人，一生均成詩超過五、六千，而今日傳到我們手中的，不出十來二十首。

我們今日的經典詩歌，始自馬丁路德，至十八、十九世紀英國聖詩之鼎盛時期逐漸定型。英詩精品之外，上至初代聖徒希臘、拉丁之作，下至十九、二十世紀，作者包括了歷代多國多族，內容涵蓋神學、教義、天路歷程，卻總共不出幾百，留存之難可想。這是硬體的限制、硬體的好處；時間的無情、也更是時間的智慧。

琴聲一起，就是鄉音

執筆至此，驚訝發覺，我這輩子幼年到老年，流徙所經，各地各國、各教會、各學校，之所以到處賓至如歸、無往而不屬，原來就是虧得這幾百首經典詩歌。初出國門之時，不同文字的聖經，聽來如隔林鳥語。唯有這些詩歌，琴聲一起，就是鄉音，信徒不論來自何方，心靈隨即共鳴。

聖經之外，這些核心詩歌是我們信仰文化的血源，是歷史教會的共同根基，是信徒跨宗派、跨地域、跨國界，血脈相連的向心力。

這些詩歌，被譽為舉世基督徒的民謠，實在不假。

回顧起來，一輩子所行經的教會、沿途所唱的詩歌，歸納起來可分兩類：「山歌」和「民謠」。

「民謠」，如上已述。而「山歌」一詞，則是我自己的發明，只為本文討論之便，只為有別於「民謠」。

設個比方，上述的幾位聖詩作者，即使是皎皎詩聖，作品既精且豐，但當時無論如何的流行，仍只限於同文同種，以及一定信仰圈子之內的人。

另一個例子是當初的黑人靈歌。此一階段中的詩歌，我稱之為「山歌」，意味著使用範圍的有限，流行時日的尚有限。直到經過足夠長的時間的沖洗，並種種有形、無形的考驗，所剩寥寥的幾首，不止未遭淘汰，且更被重視、更被眾教會廣為接受，自然而然的便入了經典之列，「山歌」至此便成普世基督徒的「民謠」了。

「民謠」聖詩，不單只是內容經得起層層考驗，曲調還需易學易唱，簡樸而高雅。音樂學者曾研究歷代優美聖詩曲調的共同特徵，有興趣者，可參羅炳良著《聖樂綜論》。

至於「山歌」，回顧起來，我個人生命中的「山歌」，似乎都是反映著國運、時代的大勢。作為一個華人，這一時代色彩，意味特別深長。

最近看了一本大陸小說《河南猶太人》，才知道原來不少流落在中國、早就漢化了的猶裔中國人，所謂的「一賜樂業人」（即以色列人）仍然魂牽夢縈著祖鄉耶路撒冷。以色列復國後，更有人遠途跋涉、百折不撓的回歸。掩卷嘆息之時，一個以前從未有過任何意義的幼年記憶，突然鮮明。

我記起來了，抗戰期間，落難的信徒，包括我母親，禱告中不時會紀念神的選民，求主讓他們能早日復國、有家可歸。當代信眾，堅信不疑，亡國已經兩千年的以色列民，遲早仍必復國，這是無可指望中必不落空的指望，因為這是聖經的預言。

以色列的復國，且又是主再來越來越逼近的預兆，所以，我想，當日華人信徒為選民祈求，也就相當於為自己國家、自己苦難民族的解救而呼求。

那一時期，教會常唱的一首詩歌是「我們的大君彌賽亞／回來罷／回來罷／／你民今流浪在天涯／回來罷／回來罷」我此刻彷彿還能聽見那情詞逼切的懇求。

執筆至此，猛然醒悟，可不是嗎！原來以色列復國，居然包含了中國國難中信徒的代求！他們的祈求沒有落空，短短幾年後就得著了答應呀！

〈我們的大君彌賽亞〉之外，蘇佐揚等人的創作，尤其著作《天人短歌》中的詩歌諸如〈大山可以挪開〉、〈壓傷的蘆葦〉等等，戰時更是廣為流傳，安慰、扶持了一代難民。

正如後來大陸解放、信徒受逼害的年代所唱的「有主在我船上，我就不怕風浪」、「慈繩愛索緊緊牽引」、「你將我放在你心上如印記」之類的短歌，以及彷彿是由北方南傳、國調的詩篇一百廿三篇「坐在天上的主啊，我向你舉目」安慰了無數的信徒。

這一時期，港澳教會彷彿都知道邊雲波的長詩〈獻給無名的傳道者〉。有些青年還組織了所謂的「邊禱團」，專門為邊疆那些無名的福音勇士代禱。總之，甚麼時代就出甚麼歌，代代都有自己的山歌。我代坎坷，「山歌」以苦難為多。這些歌掬我育我出入腹我，好些至今仍是我個人不可少的「掃地歌」。

然而，無論如何，山歌仍是山歌，教會大潮流裡，後浪推前浪，這些「山歌」，即使是好歌，也已漸成過去。最慶幸的，我代教會，時代山歌無論多麼的應時、多麼為眾人喜愛，都只是副餐，多在團契、營會、禱告會、特別聚會、家庭聚會唱。

正式的崇拜，維生的主食，必然回歸核心詩歌，就是那幾百首已經超越了歷史、地理的信眾「民謠」。以至我這一輩子浪跡天涯，由小小福音堂唱到歌德大教堂，唱遍宣道會、播道會、佈道會、浸信會、公理會、長老會、聖公會、衛理會……沒有例外，無不隨到隨唱，從未啞口無歌。

記得剛到美國不久，跟著剛剛結識的同學到波士頓遊耍，不記得自己是如何跑進了公園教會的宣教大聚會裡。琴聲一起，全堂立即響應：「我們有一故事傳給萬邦／主在高天掌權作王」成百上千的會眾，四部和聲此起彼落，場面實在感人。

民謠時代，詩歌人人會，敬拜團就是全會眾。連我這初到貴境的外國信徒，亦隨即不加思索理所當然的入隊。「黑夜必要轉為晨光／基督國度必降臨地上／全地充滿愛與光。」

一個何恩何福的家產！不幸，如此無價之寶，近年已被福音派教會大幅度的拋棄了。取而代之的是日新月異的時代山歌，來如春夢不多時、去似浮雲無覓處。

民謠之亡，是普世教會莫大的悲哀。

山歌自然有好的，假以時日，今代的好歌，正如前代的佳作，亦會有幾首成為後世的「民謠」。其實民謠、山歌代代都有，並不牴觸，各按其時成為美好。但即使是好山歌，在當代仍只是山歌，偶爾客串「民謠」殿堂是一回事，喧賓奪主、篡奪位置就完全是另一回事了。

何況資訊一日千里的今日，山歌之多，垂「網」可得、不經過濾，往往是良莠同榮，情調至上。情調，好比扶老婦過街的小童軍，被扶的人還未反應，小童軍自己倒先被自己感動得落淚了。

其實，即使是如此情調亦無不可，看是甚麼場合、甚麼人。老實說，有誰在青少年時代不曾情調過？青春人做青春事。但是既成了人，就不同講法了。

牢內真的無教友

最近重讀馬可福音，有個違忘已久的懷念，忽然復甦。學生時代在一美國教會裡唱到一首素來熟悉的詩歌〈千萬舌頭不足頌揚，我救贖主之恩〉，但其中有一節歌詞，卻是我前所未見的，其精簡有力，一句千金，令我喜愛不已。

此後無論何往，即使到處都唱這首歌，但是無論怎的尋找，都沒有再遇見那在費城時曇花一現的一節歌詞了。恨當初沒好好記住，一失落成千古恨。後來心中且萌生懸疑，莫非這一節並非出自查理士．衛斯理之手、而是後人所加？

昨夜上網驗證一些本文憑記憶所提到的史料時，意外發現，2007年原來是查理士．衛斯理三百年誕辰，有盛大慶祝，網上有關資料亦因而格外的豐富。於是隨手打入尚未違忘的一句，「Ye blind, behold your Savior come」還沒打完，多年追蹤不遂的一節歌詞突顯眼前！

雀躍之餘，終日唱不停口：「聾子聽啊／啞巴讚美／解開舌頭頌揚／瞎子看啊／救主已到／瘸子跳躍歡呼」。這是福音，這是權能，這是我們的詩歌！

研究初代教會崇拜的神學家Robert Webber嘆時代詩歌的「自戀」傾向，呼籲福音派回歸崇拜核心，就是不斷的覆述全能神那完整的故事，就是「創造—道成肉身—再創造」。「再創造」就是預期歷史終結的時候，天上地下一切所有的，都在基督裡同歸於一的那榮耀之日。Robert Webber強調，《啟示錄》是我們的「崇拜手冊」。

齊克果亦說過，我們往往錯將崇拜當看戲。台上演得精彩，我們就拍手。其實真正的崇拜，人人都是演員，觀眾只有一位，就是上帝。

美國一位憂時的牧者最近發表了一篇文章，「我們娛樂自己，娛樂得快死了。」諺語有云，靜水至深。福音派時潮卻認定，靜者死也。我們怕死已經怕到成病。我們已無法再忍受片刻的安靜，即使是在永生神面前。

有位姊妹，母親在國內病危，趕回去見面。她說，當她坐在母親病榻前，非常想輕聲唱幾首安慰的聖詩給老人家聽，卻發現沒法唱得出一首完整的詩歌。就算哼得出調子也不管用，因為自己和母親不同教會，天各一方，「民謠」詩歌已成陳跡，時代詩歌又不可勝數，各地不同，各個教會各有所好，各唱各的，新生代信眾再難有共同的詩歌。隔會、隔堂、如隔山，更莫說跨岸、跨國、跨文化了。

這倒叫我想起一則歷史故事。英國的理查一世曾被囚於奧地利獄中。牢獄那麼多，究竟是那一個？一日不知，營救一日無從下手。有人最後靈機一動，何不派英王的私人歌手，拿著吉他週遊奧國，在各個牢獄外彈唱？最後唱到了一個地方，聽見獄中有人聲附和，就這樣確定了王囚之所在。國王終於獲救。原來那一首歌除了他們君臣二人，無人會唱。

這倒像今日教會的詩歌了。各教會的偏好，成了各教會自己教友的暗號。暗號還更精密一步：牢內和聲，若是響亮，必是崇拜隊的代表；和聲躊躇，百猜不中的是教友。若是全不見有回聲，兩個可能。第一，牢內真的無教友；第二，若有，可能是在下這一種。要看唱的是那一首歌，遇上或詞或譜實難啟齒的，寧死不應。

我沒參加信徒友好的婚喪禮拜似乎好些年了，後來終於破例的時候，一紅、一白、一中、一西同時到來，兩個都是盛會，出席者不下數百人。同當年我們同輩中的婚禮或早逝者的喪禮，最顯著的分別還不是人數，而是音樂。

往昔我們同學中的喪事，可以想像，來者只有自己導師教授、同學加團契熟人，總共也沒幾個。人雖寥寥，倒仍是中西合璧，雖來自各堂各會，但是大家總能同唱幾首「民謠」聖詩，同哀、同禱、同信、同望。婚禮也一樣，程序單上定有好幾首會眾起立同唱、人人熟悉之祝禱聖詩。

而今日之盛會，今日福音派的信眾，不同教會、不同文化、不同來處，再難有可以同唱之歌。詩歌由兩三個人在台上主唱，詞句請看投影。台下之音三三兩兩、若有若無，音響既都十足，大雅照樣維持。巴別塔中的男女，相逢已不再相識，有口無聲且觀且望。會眾已淪為觀眾。

民謠己失，意想不到，求諸野。

最後終於又參觀了另一個婚禮，就是看電視上英皇子的婚典。無親無故無他，無所謂祝福不祝福，純是為看熱鬧。但當那數千人一齊唱起「主耶和華求你引領／走過今世曠野路／雲柱火柱／引導我」時，實在無法不受感動。

被擄的以色列人，落魄巴比倫河邊，琴掛柳樹上，寂寥已久，忽聞遠方傳來天籟，竟是鄉音，想不雀躍、想不開口、想不祝福都難。

錫安的歌，曾是我天國同胞的民謠啊！如此民謠，今已成了福音派教會新生代、聞所未聞的山歌了，能不黯然？

浪景

安魂

去年參加了一個追悼會。死者我不認識。去，是因為他女兒是我們的朋友。這位德裔老教授，聲譽國際，來賓濟濟一堂。上台致悼的、除了死者幾位如今亦已成名的生徒之外，還有由德國趕來的他的兩個弟弟。

看程序單，兄弟三人全是大學教授。心想，難得，也許本來就是教授兒女，代代相傳。

所以到最後一人、亦即那位最小的弟弟登台致詞的時候，我聽著大為詫異，原來他們的父親老早在大戰中陣亡，那時候小弟、講者本人，只有五歲。乃是這位當時亦年僅九齡的長兄，從此兄兼父職把他們拉拔大的。

我不禁肅然起敬。之餘，更多了一分惆悵，因為至是，綜合以上各人有關死者行傳的演說，已經顯明逝者是個積極的無神論信徒。

「少年時代，」弟弟繼續敘述：「哥哥常帶我們去參加教會的青少年團契，但是哥哥自己後來卻失去了信仰。」

「哥哥，」這會兒弟弟忽然用起第二人稱：「一生中，夜深人靜的時候，你難道沒有問過，此生就是一切了嗎？此生之外，會不會還有永恆呢？哥哥？」

紀念節目是大家一同朗讀死者第一人稱的一首短詩，大意是「來也瀟灑、去也瀟灑，不必悲哀，幾分自鳴逍遙的浪漫。」

朗讀完畢以為禮成了。不料，還有。

「最後，」主禮說：「我們應死者的要求，以布拉姆斯的〈德意志安魂曲〉中幾個片段為紀念禮作結束。」

全場鴉雀無聲之下，神聖樂聲徐徐響起：「凡有血氣的盡都如草／草必枯乾花必凋謝／唯有主的道是永存的／主阿／如今我等甚麼呢／我的指望在乎你／從今以後／在主裡面死的人有福了」

心中納悶，老先生堂堂一個目中無神之狂人，能忍受如此歌詞？聽清了能不在地底下拍柩驚奇，一怒而起？

再想想，也許不會，古典聖樂是人類文化的無價遺產。不奏，還能算是世界級文化人嗎？不奏，還能奏甚麼？

基督教文化的遺產，有點像中國人的國寶，在子孫三反五反的手下，劫運連連，還虧得給列強偷走搶走一些，收藏到他們的博物館裡，不幸中之萬幸，總算倖免了在子孫手下一命嗚呼。

跑馬溜溜

朋友中愛好古典音樂的人不少，但愛到死心以至塌地的就這一位。她的專業是藥理，家居紐約外郊，一輩子每天擠地鐵進城上班，日出而作日入不得息。還不夠，經常又半夜三更的再跋涉進城去聽音樂會。樂此不倦數十年，到老不懈。

我們是少年時代的同窗。當日這同學是她們教會少年團很投入的一員。分手以後我們極少見面，偶爾電話聯絡。有一次我問起她，如今在甚麼教會聚會？不料，這一問卻激起了她一肚子的囉嗦。

她的教會云云，原來的琴師是一位管風琴教授，一向前奏、聖餐默想等時刻，都會彈些巴哈等人的聖樂。她極為欣賞。沒想到，後來長執竟然抱怨，說不知他亂彈些甚麼東西，請他走路了。同學為之疾首。

「是可悲。不過老實說，你那位教授是不也太無常識？要看是甚麼會眾吧？你吹笛人家不跳舞，你就免了吧。我問你，巴哈的〈上帝是人千古保障〉聖詠前奏，有幾個人摸得出頭腦？聽不懂巴哈，不稀奇。」

「何止聽不懂巴哈，」同學說：「我們根本連〈上帝是人千古保障〉這麼普通的一首歌也聞所未聞。我們早已不唱傳統聖詩！我們如今流行唱歌仔（民歌、小曲的通稱）。要嗎超慢，製造抒情。要嗎就連珠衝峰，就像我們從前唱《跑馬溜溜的山上》，那樣頓蹄頓抓，說是學大衛迎回約櫃時，歡喜快樂踴躍跳舞云云！」

頓蹄頓抓是我們少年時代的常用語，我不禁笑了起來。

「大衛不止頓蹄頓抓，」我說：「還打赤膊！」

「大衛是在路上，」同學答道：「不是在聖殿崇拜！」

「別急，」我說：「如今時潮，又有點物極則反了。前幾年《時代雜誌》曾經報導，有一群福音派信徒，渴望重拾敬虔肅穆的崇拜傳統，回歸了東正教會。最近更聽說，為避免流失，越來越多教會，分設兩堂崇拜，一靜一鬧……不過照我所知，東正教會好像甚麼都是吟頌清唱的，你受得了麼？」

「你無搞錯吧？」她說：「柴可夫斯基、拉赫曼尼諾夫等人不是都有好些東正聖樂的作品嗎？」

「哦，那倒是！」這一來，提醒了我，趁還有口氣，快點補習一下，萬一活到下一時潮光臨，老呆了趕不上時髦。

無以復加

有日我在醫院候診，病友照例人手一本書刊消遣時間。我到得遲，想看的雜誌都被別人捷手先得了，只好隨便撿一本平常沒想到要看的《浮華世界》。不料該期文化欄竟有專文紀念欽定本英文聖經出版四百週年。

執筆者是故世不久的何欽斯。這就更奇了，因為這位評論家，是當代著名的五大無神論人物之一。細讀之下更為意外，沒料何氏對這本經典譯作佩服得五體投地，舉出無數英語中傳神簡潔、無以復加之成語，全部是出自這本聖經。

他說，這本經典已經滲入了英語文化的血脈中，其影響之鉅，匹配莎士比亞；並且斷言，若沒有這本聖經，英語絕不可能是今日的英語。

最後何氏舉出一系列令人啼笑皆非的實例，冷嘲熱諷怒罵現代基督教、正在拆毀最珍貴的語文傳統，正在排山倒海的推出一本又一本迎合時俗令人哭笑不得的版本。

據云，光是美國就有四十八本之數，分年齡、分男女、分職業，就像吃自助餐一樣，各取所好，只要有市，他說，保證陸續又來。還得意的卜了個弄斧的結論：所謂聖經，他說，既可如此隨意加減翻新的，足可證明絕對不是天書，而是人為。

何氏文中所舉、無數源自欽定本的英文成語例子中，有一句特有意思，也是我前所未知的：

一九四零年大戰、敦克爾克戰役云云，英軍面臨或投降、或全軍覆滅的選擇。一位將官給家裡發出電報，只有三個字「But if not」。後方立刻明白，那就是「寧死不降」。

典故出自聖經中但以理的三個朋友，他們寧願被扔進烈火窯裡，也不敬拜尼布甲尼撒所立的金像。他們相信神會拯救他們，「即或不然，」他們宣稱：「我們決不事奉你的神」。

「But if not」或「即或不然」，中文聖經是四個字。英譯、中譯，青、藍並彰！我不禁拍案叫絕，不論是欽定本，還是我們的和合本，能不向先聖們致敬？

無以復滅

東歐政權解體後，捷克首任總統、已故作家、詩人哈維爾上任之初，接受《時代雜誌》採訪。他說他發現，品味格調與一個人處事之分寸、治國的智慧，是息息相關的。他上任的時候云云，入駐國政中心所在的城堡，以及捷共政要人物的住宅，驚見其中不論是家具、掛畫、一切飾物，均庸俗醜陋到無以復加。恍然大悟，原來一個人之毫無品味能力，直接反映其為政之道。

此說能否放諸四海，我不敢說。C.S. 路易斯對品味的見解我倒較易共鳴。他說，對無知的人，好惡不過是品味問題。對訓練有素的評審，卻是善惡真謬之別。我所擔心的只是：只知輸入法．不知有書法的人，當起教育部長來，這才是大失命題的本意。

法國作家、《小王子》作者 Antoine de Saint-Exupery 對「完美」下如此的定義：完美不是無以復加，而是無以復減。這是不是十分接近我們華人所謂的反璞歸真？

東正教會，我只去過一次。蘇共時代，教堂充公作為遊覽景點。那年代，我們這些外賓，無視於別人正在崇拜，隨著官方導遊隨意出入闖蕩。十來個跪著、正在吟頌的信徒，習慣性的膝行，不斷的躲避著遊人的腳步。在如此左避右閃之擾亂中，信徒似乎絲毫不為所擾，其目光之敬虔專注，令我們肅然起敬，有遊人甚至感動得淚光閃閃。

那是非常時期的非常教會。

肅穆也好，風風火火崩山碎石也好，複製都不難。風火過後，有微小的聲音問道：你在這裡做甚麼？

C.S. 路易斯一本名著的中譯名，就叫《反璞歸真：純粹的基督教》，名副其實。書中提到一種虛無飄渺的宗教，極吸引人，就是在大自然等等事事物物中享受神感。不必勞動，好比站在灘上看浪景，刺激就是一切。

他說，隔海觀賞大西洋，不會把你帶到紐芬蘭彼岸；在花中、在樂音中享受神感，亦不會把你帶進永生。這一點倒似乎是放諸無聲論、有聲論，一流音樂、六流音樂（C.S. 路易斯語），有神論、無神論，皆準。

有神論，無神論，有時甚至難分難辨。

・鬼影幢幢

廣東人稱孩提時代的同學為書友。似乎到了三、四年級左右，「書友」不知不覺就升級為「同學」。此後，凡有過同窗之誼的人，一輩子都稱為同學了。

近幾年來，似乎返老還童，忽然又有了書友。

朋友中，有好幾位同是嗜書，交換電郵時，往往情不自禁提起自己剛看完、或正在看的一本好書，如此你來我往，不知不覺便成了一個小小的書友俱樂部了。

前天忽接其中一位來信，說是正在看一本千頁巨著，一本歷史小說。你最近看了些甚麼？她問我，怎麼一個冬天都沒有妳的信息？我隨即本能地回寫道：不是嗎？我也說不出一個冬天做了些甚麼，似乎沒有浪費時間，但是哀哉，怎麼好像一事不見有成？說著不無幾分悻悻自責。

信發出後，才想起，這些日子事實上相當的用功，花了不少勁兒收斂「書友」之娛，鞭策自己回到了「同學」級的苦讀。

鬼迷

名見史傳的牛津文友社（Inkling），出了三位作家。其中C.S. 路易斯和托爾金兩位已家喻戶曉，第三位是查爾斯．威廉斯。C.S. 路易斯以欽佩口吻，稱他的作品為寫實與幻想的結合，尋常被超常所入侵。我卻從來沒有拜讀過他的著作，覺得對不起自己。

去年冬至時辰，終於打起精神，借了他一本名叫《Descent into Hell》（下到陰間）的小說回來補習。就這樣，出其不意的認識了一樣新動物——一種新品種的鬼。

新鬼且一見如故，引起了我鬼趣橫生，一發不可收拾。接著便是重新翻讀了不少早已還給教授的莎劇，米爾頓、雪萊、但丁和歌德等人的詩詞，為的就是追蹤鬼跡。一個冬天就這樣花完了。

檢討至此，我忽然警惕起來。我這樣的舉動，是否中了魔鬼的詭計？因為C.S. 路易斯亦說過：魔君最高興的，就是見到兩極的兩種人——一是不信有鬼的唯物人士；二是否只信有，而且無處不見魔術的鬼迷。這幾個月以來，自己是不近乎鬼迷？

再分析起來，可幸鬼似乎有分中西。此鬼不同彼鬼。西洋文學中的鬼我更發現，完全非我族類。我心目中的鬼，基本上並不入流。

本人自小怕黑、怕鬼。兒時初住校，哭鬧著要回家，因為晚上害怕。其實一房間裡，不下十個八個人。問題就在此：一人一堂蚊帳，外加各人形形色色、亂放亂搭的衣物；燈一滅，幢幢無不是鬼影。

明知那是一堂蚊帳、那是一條工人袂（衣服的前襟），有甚麼用？甚麼叫成見？我見，見就成。不講道理的怕才真的是怕，無所不怕。

於是聯想起「幢幢」的這個「幢」字，不知是何來歷？查考結果：「幢」者云云，古代原指支撐帳幕、旌旗用的木竿，後來就變成了帳幕旌旗本身的代名詞。這真是太逼真了！蚊帳、工人袂——白也無常，黑也無常，我怕的鬼是國貨啊。最低檔的國貨。

高檔國貨，因為寡聞，來到美國才聽見。

有一次在圖書館裡查參考書，偶然翻到了全不相干的一頁，涉及中國民間思想，一眼瞄見了我國有一種鬼云云，是跳著走路的，一路上還會躲避著牛牛羊羊。

我不禁噗哧笑了起來：我們廣東人會叫這一種鬼作「生鬼」，就是超逼真之精彩鬼也。

我的國學到此為止。

鬼可鬼，非中國鬼

洋鬼，我知道得比較多。例如莎士比亞的戲劇，就已相當的鬼影幢幢。他的悲劇幾乎無劇不見鬼。

《馬克白》裡面，野心勃勃的麥將軍，借刀殺人之後，餐宴席上，驚見死者坐在自己的位置上，嚇得魂不附體。

《凱撒大帝》裡，大帝被刺後，他的鬼魂，向大義滅君的好友布魯特斯顯現，通知他，他本人的大限，亦行將告盡，明日彼此將在陰間相見。

《哈姆雷特》王子復仇記中，被刺的父王，幽靈向兒子顯現，耳提面命將復仇大任重託。一個鬼，出現了凡三次，這還不是莎劇陰氛之最。

鬼氣最盛的還推《理查三世》。最熱鬧的一場，十一個鬼，同台出現，浮來游去，輪流著向仇、友雙方分別報兇、報吉。如此一算，再加上一些不大知名的鬼，一一點齊，莎士比亞的鬼角，恐怕不下二十有多。

在戲劇人物表上，統稱為ghosts。

歸納起來，這一種鬼——死得不明不白、含恨而終之人的幽靈，我們中國人大約可以統稱之為冤鬼。尤其那同台出現、死於理查三世手下的十一個冤魂，更是分別各訴其冤，然後以同一咒語作結。活像大陸從前的控訴大會：人物魚貫上台控訴，控訴完畢，結束之前例必高喊幾句差不多的口號，作為眾和。

只是二者大同之下，不是小異，而是大異。

中國群眾大會上，控訴人的身分是受害者，是無辜之人，被控訴者才是罪人、公敵。換言之，友、敵是人、鬼分明。莎士比亞的鬼，卻往往是人、鬼一身。鬼可鬼，非中國鬼。

莎氏的罪人主角，不只台下觀眾人人已確知此人有罪，就是台上罪人本身，往往亦是心有同悟，深知自己罪孽深重，因此在那公義的主宰面前，深被無形的恐懼所籠罩著。如此，罪人自己的道德良心，便常借鬼身而出現。

這一種鬼——內心自我控告的化身鬼，往往只向當事本人顯現，其他同台角色視若不見不聞。換言之，主角是人、鬼之間的一種自言自語。洋鬼，起碼西洋文學中的鬼，此其一。

話說莎士比亞戲劇中的人物表上，鬼角全部稱 ghosts。不管其個別之喻意如何，基本上仍屬幽靈式的靈異角色。Ghosts，中文譯鬼。鬼者，我們通俗所共識，就是令人毛骨悚然的那種神秘動物。只是一涉及西方詞語之中譯，鬼字就立即複雜起來。

Ghosts 是鬼；devil，是魔鬼。歸納起來，前者可說中、西都是鬼，後者則非我文化之族類。

魔鬼（devil）別名撒旦（Satan），字源雖不同，均魔鬼是也，出自猶太、基督教傳統。魔鬼，就是與神為敵的萬惡之君。聖經不時鄭重其事似的「魔鬼撒旦」四字同用。

西方文化，架構於傳統共識的基督教信仰。因此，西方傳統文學中，立論不論正反，基督教的觀念均是一個基本的預設。如是者，不止莎士比亞的鬼角，ghosts，可說是一種信仰的化身；在別的一些名著裡，例如但丁的《神曲》，米爾頓的《失樂園》，歌德的《浮士德》，魔鬼根本就是以主角之身原形出現。

不對，主角或者，原形應說未必。與其說是原形，還不如說，作者賦予魔鬼種種不同的造形，便成了各人對宇宙奧秘、對人生的一個詮釋。

如是者，但丁之鬼非歌德之鬼；我之鬼亦非你之鬼。連這，也是十分基督教的。聖經中魔鬼的別字就不勝枚舉：由咆哮的獅子、龍、古蛇至明亮之星、早晨之子、光明的天使等等。

形狀由兇至吉不等。壞鬼先生之所以別字如此之多，面目之所以隨時隨機變之不盡、而且無不妙肖，表示其騙術之湛深。然而，這魔鬼，兇相、吉相，不管假甚麼外形而出現，目的始終只有一個，就是引人進入沈淪。

回到上述西方文學，幾個大名鼎鼎的魔鬼。但丁的魔鬼，三張面，六隻眼，六隻蝙蝠翅膀。古人是不是到底天真一些，連魔鬼都比較老實？表裡一致，一目了然，就像我們小時看的連環圖裡面的中國兵，衣服前後都有個兵字，應該沒有人會認錯。

米爾頓的撒旦，九曲十三彎，為圖達到目的，不恥每況愈下的變形，由被逐的天使至飛禽、至走獸、至最後的爬蟲（雖然最後的蛇身不是自願）。無論如何，總而言之，被逐之初仍是天使一個。

被逐天使，造反問天，慷慨激昂、振振有詞、出口成詩，魄力魅力洋灑盡致。

第一印象，印象至深。米爾頓的撒旦之變形史，日後少被溫故，其遺容肖像，彷彿凝固在被逐之初，那個慷慨激昂的掩面天使——一個令人不由得不佩服的悲劇英雄。

恭心自忖，以上兩型魔鬼雖各有威風，但應該都難不倒我。第一類型，但丁的魔鬼，一見便嚇死，若是不死而還有餘力，必定趕腳快逃。第二種魔鬼，米爾頓的撒旦，魄力魅力，像西諺說的，亦非本人的那杯茶。

精力短缺，有時是一種天然免疫劑——魅力之徒，看著便叫頭痛；魄力之士，想起都疲倦，哪來上當之力？更談不上束手陪葬之勇。

歌德的魔鬼，啊，那可另當別論。一個博學深思，坐著辦公的文明人。一個具旁觀者超人之清的永遠旁觀者，無所不懷疑，無比的自信。唯物，虛無，幽默，逍遙。換言之，一種最世故、最迷人的看破紅塵。何止紅塵，簡直是看破整個宇宙。那一個求知心切、渴求刺激的浮士德，能不為之傾倒？

「都普干爾」——「自己的鬼」

這就終於回到本文最先上台的第一隻鬼了。鬼名「都普干爾」。「都普」，德文，相重之意。

在這以前，我心目中鬼之形象，不論是實符其名、一副鬼相的鬼，還是借美人之身出現的化妝鬼，不論是那一類，總是一個所謂的「他者」。

從來不曾想到過有那麼一個可能，就是忽然之間看見另一個自己，出現在眼前。「都普干爾」，「自己的鬼」。奇思忽現：等會兒進房間，一開燈，別要看見自己已經坐在床沿，正在收腳上床睡覺。想著想著，毛骨不禁悚然，自己不給自己的鬼嚇死才怪。

「都普干爾」，這種一虛一實、分身的觀念，古代一些異教，信為死期將至的預兆。

雪萊的四幕詩劇《解放了的普羅米修斯》裡面，就提到巴比倫滅亡之前，一位行將喪命的人物，在花園中行走之時，看見自己的形象迎面而來。這種分身鬼，傳說只向本人顯現，後來又說是親戚也偶爾得見。心想，如此這般，我們中國人不正可以稱之為「活見鬼」或是「見活鬼」嗎？

話說「都普干爾」，乃是我在查爾斯．威廉斯的小說《下到陰間》中遇見的。《下到陰間》故事超簡，大體是圍繞於正在排演一齣戲的一個劇團。隨著劇務漸展的過程，團員們上至精力充沛，熱心有餘的演出者女士，下至個別演員，對劇意的詮釋或演出的細節，不時都自然而然的有所討論，各表意見。其妙就在於自然而然中的必然。

即使是最平凡的對話，各人下意識中，無不隱藏著蠢蠢利己的動機。口不照，連心可能亦不自覺，卻無不是想為自己爭取多出一點風頭。

自我中心，人之常情。我之於我，難分難捨，從一而終。自己的鬼，的確是至為忠誠的伙伴。

在這一切劇務進行的過程中，劇作家史丹浩伯本人也在現場，卻是一個旁觀的角色。劇務進行過程中，個別人物不時也會問問作者的意見，但言下之意，明顯不過是在徵召作者來附和自己。

而作家本人呢，除了偶爾三兩句表示之外，不論他的意見被尊重與否，他的原意有沒有被歪曲，他都任由演員自主自決，不予干涉。

以上是故事的大環境。書中較重要的人物有二。正面主角叫寶蓮，一位普通女子。反面主角叫溫特沃斯，是位有相當名望的歷史學家。

寶蓮就是那個見鬼的女孩，也是故事中唯一一個有自省意識，有旁觀能力的人。因而她也是劇作家史氏，唯一一個、不吝以師友之誼循循誘導的人。

故事開卷之初，寶蓮因為有鬼追隨，街頭巷尾終日惶惶，不知何時何地自己的「都普干爾」又會忽然出現。史丹浩伯願意替代分擔她的恐懼，問題是她卻無法做出移交。直至最後，當她膽敢放手，她的「都普干爾」才終於消蹤滅跡。

反面人物，歷史學家溫特沃斯，也並非一個甚麼大壞人，只不過是徹頭徹尾的自我中心。事無大小，無不是任己性所使、憑己心所欲。目的不達便是終日快快。事不順心，拔一毛利天下而不為：劇團同仁，關於古裝有個小疑問，需要他的專業知識哼一聲或 yes、或 no，他亦懶得開口。他全人只容得下一個人，就是自己。就這樣，積少成多、積重不返，溫特沃斯便一步一步的走近懸崖，最後終於完成了墜入陰間的手續。

同米爾頓那威風凜凜的被逐天使、相迎之下，溫特沃斯，這個自我奴役的歷史學家，簡直是小巫一個了。但諷刺的是：小巫，卻好比真的是實現了米密爾頓那千古風流大巫的願望：「寧為地獄王，不做天堂僕。」那麼，好的，就照著你的心意，給你成全。

墜入陰間，意志自由。人權的最高峰。

寶蓮的「都普干爾」，評論家們的詮釋，教內教外，眾說紛紜，有的說是好鬼，有的說是壞鬼，有的說是壞鬼變好鬼。

一個冬天追蹤鬼跡，幢幢鬼影下來，得到的結論，總的來說，似乎是好鬼也好，壞鬼也好，見鬼總比不見鬼來得好。

・一生的車禍

一生的車禍，這個文題，可能有幾分誇張。所謂「一生」，到今時還不能算是一個史實，因為說不定明日還在。又者，明日將生何事，自然不知，所以只能說是一個卑微的希望。就是說，日子多少無拘，但願此生之車禍到此為止，如是而已。

至於「車禍」，雷聲大不大？雨點小不小？就要看你的立場。

快樂頌

前年，有一天我正走在一條熟路上。這條路走了二千次（加減出不了十，幾乎是確數），自然十分放心的魂遊象外。一面開車、一面聽著正在播放的貝多芬〈第九號交響曲〉。

我的目的地是學校，馬上就到，校園旁的一條小鐵路已在眼前。正當此時，忽有火車隆隆開近，攔路閘隨聲下降。大夥四五架車於是照規停下，在閘前等候火車經過。交響樂正好播到〈快樂頌〉大合唱，我既閒著，便搖頭擺腦的跟著哼了起來。

但見前面一部車子，忽然打開車門，出來了一個黑人司機，青少年，直朝我車走來。我的魂魄馬上歸竅。來人走到跟前的時候，死命的拍我的車窗，嚇得我不知如何是好。

他既堅持不肯放過，我又不能飛車逃走，只好硬著頭皮將玻璃搖下，聽天由命。

「後面的警車追你已經追了一條街了。」他告訴我。

要是他是拿著一枝搶指著我的腦袋，我的震撼還不如此刻。我正驚惶失措之際，警察已經走到面前。

「我打訊號，妳為甚麼不停車？」警察問。

警察也是一位黑人。

「真是非常抱歉，我沒有看見……」我自不能說，因為我正埋頭聽音樂。

「開到旁邊這條小路上去！」他厲聲命令。

小路上停下來後，我當然馬上下車迎出。

華人的條件反射，一見官，雖然還不知道為甚麼該死，奴才使已口若懸河的剁起 sorry 來。警察看我那完全摸不著頭腦，但又死命喊 sorry 的異國怪相，氣消了一點，說道：

「剛才那十字路口，停車訊號前，妳剎車沒有完全停下！」

啊，原來如此，該路該口，我沒完全剎車這是第二千次了。

那一路口根本就是在大學校園裡，來回的車子十之八九只是載學生們來回於東西兩校區的校車。校車龐然大物，哪有看不見的道理，不加思索都會停下讓出優先。

若是十丈之內一目了然，並無車子開來，人人自然只是蜻蜓點水，點到了之。四十年來人人都是如此，從來無恙。

此刻突然發現，原來從未被捉、並不等於從來無罪，而是罪加二千之倍，實在無話可說，於是又連珠的 sorry 起來。

「妳開車開了多久？」警察又問。

「四十多年，」我說：「這還是我第一次被攔，所以我實在沒有想到……」

警察沒答我腔，又是幾句瑣碎之後，忽然下令：

「上妳的車！」他說。

「跟著你走？」我恭敬服法的請問。因為多年前我們遠程開車經過德州時，因擺烏龍超了速而被攔，得跟著警車到警局去，即席付清了罰款才能放行，那已是另一篇文章。總之，我以為全國都是這規矩，罪不馬上贖清不得放行。

不料，小伙子火速答道：

「Oh, No! 別跟在我後面！」表情是拜託、拜託！

「小心開車，」他加了一句，語氣轉為忠告。

我這才明白是法外開恩，是放我走。警察是個小伙子，二十出頭不多，說不定我讓他想起了自己的阿媽老人家來了。

事後我為這小伙子，加上那叩我車窗的這兩位黑人青年不斷的感恩，為他們求福直求了一個星期。

君子的比率

那是一個十一月發生的事。接著，當我給親朋寫一年一度的聖誕信時，敘述了這一件時事。

知我的人，讀到我宣布說：余致力開車凡四十年，必要捧腹。其實我自己如此報出的時候，當時雖然心驚膽跳，想啼多於想笑，暗裡還是禁不住笑了。

不錯，怎麼樣？我跟自己說，是開了四十年！至於四十年並未開到那兒，無需公布。

雖然從來沒開到過那兒，但四十年總是結結實實的四十年。

你不找車禍，車禍自會找你，這就是人生，不然保險公司那來生意？我當然不想碰人，但也碰了；別人肯定亦無意撞我，但是就撞了。如此之大大小小的不測，亦不下十來次。

但較為轟烈的實只一次，發生在穿過高速公路的路口上。我面向綠燈直行，對面忽然殺出了一個左轉的程咬金，撞在我的車尾上。肇事的二車自然立即停下。之外，還有一兩架剛剛路過的車子也停了下來，要看看現場有沒有救援、作證之需。後來見警察迅速駕到，而相撞的雙方似乎都沒損沒傷，人也講理，不必他們作公證婆理，這才重新上車揚長而去。

撞我的對方似是夫婦二人，開車的是太太，分明已嚇得面無人色，半晌出不了聲。丈夫主動替她認錯，並逼切的追問我受傷了沒有？

事凡牽動警察，一切自有必須循規發展的軌道。

歪了尾巴的車子自然亦不能不修。雖然賠償事宜是由彼此的保險公司直接交易解決，但車子入廠出廠也花了我好幾天、幾乎一星期的時間。偏偏自己這一代的好學生，成語背入了膏肓，一生不能自拔。一寸光陰一寸金，惜金如命。拔一毛而全身痛，短痛加長痛。

此次車禍，是發生在光天化日，眾目睽睽的公路上，換言之，是如假包換的正式事件。相迎之下，其餘有五次，歸納起來，有三次其實三次一律，極其簡單，而且是發生在我開車之早期，是人不知鬼不覺的事件，實在沒有上榜的資格。但事件正是盡在無聲中。

這三次都是在我走到車前預備上車的時候，才發現前窗雨刷下面，壓著一張紙條。雨刷下面有紙條，並不是那麼稀奇。一般有兩個可能：一是罰單，二是告白。若是罰單，當然即刻看個明白。若是告白，我往往便懶得去理它，等車開到步後再去清理。

但壓著的是張手寫的條紙，那就極不尋常，我即使已經人在車上，也必重新下去拿來看個究竟。

那三次，我都是得到了一張手寫的紙條。三次大同小異，都是對不起，我碰到你的車。這是我的電話，請你同我聯絡等等。

我首次拿到那麼一張紙條時，大感驚奇，世上竟有那麼誠實的人。

我繞車走了一圈，發現是車尾被碰出了一個巴掌大的所謂「酒渦」。損了容，但不礙駕駛，便下了決心不去追究。華人嘛，最講究君子小人的分類。對方是難得的君子。義不容辭，君子來，當然是君子去。

自此首次，隨後兩次再拿紙條時，已經入鄉知俗，照樣來去。第四次呢，就輪到我碰人了。習慣已成自然，馬上撕下一紙，照樣寫道：對不起，等等。碰到的人亦一樣沒有向我追討。除此之外，也有一次暗中被人撞了，但卻沒有拿到自首紙條的。

也罷，人生之事，像美國人說的，不能次次都贏，人也不能個個都是君子。我碰到君子之比率已經超高了。如是又平安了好幾年。

可是日光之下必有意外，倘若未有，只是時辰未到。

鬥雞

終於，又輪到我碰人了。這是在一個生意極其興隆，車位超小超密的停車場。我退車時刷到了旁邊剛剛停進來的一部車。跳出來的司機是個頗有噸位、相當福相的中年太太，一邊罵人、一邊向我直衝過來。她的英語我雖聽不大懂，但準知她在冒火。我下意識的倒退了一步。

我退一，不意她立刻進二。這鬥雞架勢，嚇醒了我的大腦。

「夫人，」我說。

「很抱歉，我不是一個很好的司機，但我是一個有信譽的人，我一定會賠妳的……」

對方的車伴，也是一位中年太太，在旁亦說道：「不是嗎？」是個美國人，像是替她的同伴難為情似的：

「意外之事隨時都可能發生的，誰都可能遇到……」她說。

「看，沒甚麼的，」她摸了摸她們車上被我擦出來的損痕，安慰她的同伴說：「油漆磨掉而已，不難處理的。」

電郵時代的美國郵政，人人譏之為蝸牛郵政，有時快起來卻快得嚇死人。

我隔天便收到了一張修車估價單。八百多元。

朋友說，這是趁火打劫，應該要求她給三個估價。三個估價？我一算，那要費多少唇舌？花多少時間去爭取？可以肯定還要生多少的氣？最後說不定還得出拳頭。

一想這女士的噸位比我重一倍有多，看估價單，車主是男人，可能是她丈夫，敢情比她還威風。君子不吃眼前虧，當機立斷，破財消災，馬上將討款寄之若浼。

就這樣，這好學生，一呼、一吸連續三句成語，語到渠成。這是屬於十分庸俗的作法，全不值得鼓勵，因為愛默生說：「俗無過於匆匆。」前面一句是「禮儀風俗需時日……」但愛默生是美國人，而且是美國的古人，也沒有開過車。我和被我撞到的女士是現代人，不止，估計彼此如今且都是美國人。後來居上。

到此已十分明顯，我的車禍十之八九屬於閉門家裡坐，禍從天上來，同中馬票同樣的難得。就是說，我的車禍幾乎都是發生在停車場裡一動不動的時候。一動不動，除了剛剛敘述完畢的一次，和下面正要開講的一次。

也是一個外國人

最後一次車禍，是上一個月。

這次撞到的不是一位女士，而是一個小伙子，同樣的結實，也是一個外國人。這次雖仍發生在停車場裡，情況卻是破題第一遭的獨特。到三星期後的今日，我仍擺脫不了後遺：一坐上車，便蛇頭鼠眼，疑神疑鬼，前窺後探再三都不敢動彈。

那是一個週末的早晨，停車場裡，人車兩寂。對我來說，開車的天堂莫過於此。於是輕輕鬆鬆的退起車來。車子平靜退出，由退換進，行了步半，突然震天價響，車座上的雜貨應聲紛紛場地。

猛然回頭，但見大貨車一部，車尾像鬥牛一般頂在我車的左臂上。我跳下車去，還來不及定神，不意卻已被對方的司機緊緊的抱住。

司機載抱載喊，**I'm so sorry! I'm so sorry! Are you OK? Are you OK?** 這小伙子高大結實，我的頭僅及他的脖子，他越抱越緊，彷彿我是一位死而復生的至親。我怕他還有餘力未曾用盡，唯恐折骨，趕快宣布：**I'm OK, I'm OK!**

他告訴我，他是來鋪地毯的工人。我看他的貨車，車徒四壁，完全密閉，心想，四面都無窗、無縫、無眼的大車不知是如何個開法？不禁感同身受。同病不禁相憐。加以週末都要做工的，很可能是無身分、工資又極低的移民，看上去像是個墨西哥人，才十多、二十歲。

我跑到我的車尾，省視一下災情。我那多難的車尾，這又加添了一大巴掌，倒變成了左右對稱。之外，還裂了一邊車燈。巴掌貼近後車廂，於是試了一試，看看後車廂門還打得開打不開。沒有問題，一切照常，便說：

「這樣吧，你做個好孩子，有空多多上教堂，以後小心開車。這次我饒了你。」

他於是又抱著我拚命喊 Thank you! 我說，得了，得了，別謝我，謝天父，大家都沒有受傷。是的，是的，他說，謝謝上帝！

十來分鐘一切解決，事後我若無其事，不痛亦不癢：老英雄多一巴掌，少一巴掌，實在是小事一宗，心裡洋洋慶幸不曾換車。因為車子冷氣，去秋壽終，更新費用不低，朋友認為修費與車值不成比例。大家都說，哩數雖低，但老車就是老車，毛病會繼續出現，不如換部新車一勞永逸。

買車自然不是買條熱狗那麼簡單，思想需先醞釀，進而研究，然後討論、表決。幸而時已入秋，冷氣罷工並不礙事。轉眼秋春代序，又屆翌年初夏，已到採取行動的最後關頭。

正當此時，忽接老友玲玲的訊息，報告行將來訪。

玲玲愛玩，而且魄力驚人，與年俱增，不久前居然還參加了加州的馬拉松長跑。可幸她深知這老同學的不進不取，並不奢望我有辦法盡東道主帶她四處蹓躂。

車，她說，她包開，唯囑我把車好好檢查一下，好好想妥一些值得一看的景點名勝，大家可以去瘋個幾天，說是還有一位嫁到挪威去的她的中學老友，恰巧要來我洲探親，亦打算同我們會合，一同行動。

一想，南方初夏時節，遇到偏熱之日，也頗費容忍。三老一車，其中有一位還是北國來賓，焗壞了太不像話。三十六計，老車子無論如何馬上送修、先行迎客為上計，刻不容緩。

冷氣死而復活、平添再生之喜。

朋友暢聚暢遊，一切完滿結束之後，老車子繼續使用，越開越有情，舊情又添新情。老人老車依依相惜，最後完全放棄了換新之想。如此這般，此次巴掌，打的仍是這部身經百戰的老英雄。人、車兩不介。

沒有想到，第二天去做禮拜的時候，那一巴新掌卻引起了不少注意。看見了的人都紛紛跑來關心慰問是怎麼一回事。我的自述重覆到第三遍的時候，心想，不如掛一個牌子在車尾：「敬告：不是我撞人，是人撞我。雙方無恙。謝謝關心！」第一點尤其值得聲明，因為超乎常情，出乎眾料之外。

聽完了我的故事，大夥都頗為讚賞，一致認為我很慷慨。心裡的汽球於是竊竊升起。竊竊，因知貨不夠真、價不夠實。最後，我的車禍終於傳到了一位資深朋友耳中，還沒聽到一半，她就斷言，「我包陳詠懶得報警、懶得去修，她最怕麻煩，最怕浪費時間！」

啊，原來如此。果然如此。我的汽球一針著地。

狗算盤一打

之後，看到一篇賓大獸醫學院報導。

病人需要輸血，狗也是一樣。一向為病狗募血云云，全是依賴狗主大眾，愛吾犬以及人之犬，自發自動的將家犬送上門來奉獻。傻狗跟來不難，捉狗上抽血台是另一回事。狗輩臨陣無不汪汪掙扎，死命抗拒，煞費人力。

抽血之待遇，原來狗、人亦相仿，狗似乎猶勝一籌。

人抽完血，不過得果汁一杯。狗抽完血，可享狗餐一頓。

肉包子如是打狗，不久竟收越打越回頭之效。狗眾悟出，抽血之後，可以大打牙祭，於是一見募血車駕臨，便立即汪汪的追上來，爭先恐後的跳上抽血台上，以求快快把血抽完有得吃。

可見，比起那一頓佳餚，抽血，對狗來說，分明是至暫至輕的苦楚，不足介意。何止不足介意，簡直無任歡迎，抽得越快越好，越頻越好。原來人、狗同好，都以食為天！

不只都以食為天，想想原來狗亦一如人，俱各都有一個與生俱來的速算算盤。狗算盤一打，馬上得出結論：比起佳餚，抽血不足介意，值得、值得！這結論，除了病狗、滯狗，相信是萬狗同好的吧？

人，不一定。人畢竟是人，不是狗。

生為萬物之靈，受造奇妙可畏，無可比擬，意志自由，天高地闊：本能、文化、道德、信仰……因數、變數，無限複雜。

速算算盤一打，看似極為簡單的一舉一動，誰也測不透其中之來龍去脈一乾一坤。人心的這個萬能算盤、超聲速，而且全勤，無時不在運作，決定著我們的一行一動一選一擇。

最簡單的例：撞了別人的車，慶幸沒有人看見，是一個選擇。撞了別人車，沒有人看見而自首，又是一個選擇。老人老車，挨了巴掌，怕費時、怕費事，速速了事，是一個選擇。若然人、車兩不老，氣魄、時間又十足，挨了那一巴掌，又不知會是如何的選擇？

倘若撞了我車的小伙子是個流氓，還想要賴、兇巴巴的惡人先告狀，我速算的結果，是否會選擇賠上老命也要同他爭個豈有此理呢？小伙子撞了我的車，他的速算、是急忙要知道我受傷了沒有？那麼我老人老車隨後的寬容，到底是他託了我的福，還是我託了他的福？八福之五這樣說：憐恤人的人有福了，因為他們必蒙憐恤。施福在先，還福在後。

大商人摩根說過如此一句話：「人人的任何行動都必有兩個理由：一個是好理由，一個是真理由。」我發現，真理由是甚麼？我猜不透別人，別人亦猜不透我，我連自己都猜不透自己。

左觀右察，觀觀察察，結果得出了一個結論：人生最大的誤解就是，一目便誤以為了然。我叮囑自己，切記切記，無所不知的只有一位。有一天，一切心思意念都赤露敞開的時候，大有可能我認不得你，你也認不得我，自己都認不出自己。

最後，值得一提的還有一件事，也是我對人生的另一體會：一切廢物，都有利用價值。最後一次車禍之後，我左右兩邊的車位往往空著，猜是因為人家一見我車尾上，左右各一巴掌，兇多吉少，唯恐領教，避之則吉，於是我的出入又方便了不少。我的狗算盤一打，完全無意修車。

時間簡史

• 如見

不知別的家庭有沒有如此例定俗成的習慣？家中某一員，因為天時地利人和，久而久之，便成了那一家人的郵政總局，互聯中心。

我家的局長原先是爸爸，後由三姐繼承。總局除了郵遞訊息以外，不時還會散發各式家貨。

新世紀之後，有一次總局給我寄來一些唐詩宋詞之類的舊書。我一看包裹上的郵資，大呼冤枉。回郵之時我便開導局長三姐：如今有所謂「媒體郵件」（Media Mail）的名堂，我說，就像以前的「印刷品」，郵資有特別的優待，便宜得多呢。

不料，局長回信說，我知道！但是為什麼要這樣的斤斤計較？人人都不再寄信，郵局沒生意，都快要關門了！我聽了覺得有理，自慚形穢。郵局存亡，匹夫有責。

無論如何，鑒於以上之理由，時至今日我已訓練有素，每當總局再有郵包寄來的時候，我的第一反應雖仍然免不了一聲吝惜的嘆息。但不同於以往的：

第一，我不再抗議包裹上面的郵資。第二，致謝之餘，我也不再三番四次的敬告，包裹內含之國貨珍品、我真的是用不著，請不要再勞此神了，等等。這是因為時至今日，就是所謂吃鹽多過別人吃米之年，我復又已經悟出，所謂用不著，問題在自己，不在別人。我更發現：

不論受的是甚麼所謂西式教育，不論人在國外落戶多長、多久，落葉總是要歸根，人越老就是越還原。文化基因，遲早必然抬頭，先是爸爸，繼而我輩。姐姐們，住近舊金山，更因地利之便，老來都像先祖神農氏一樣，不斷的嚐起百草來。有志必有成，不時就有「仙單」發現，都巴不得蠻荒中的手足，能夠有福同享。

如是者總局不時就會有「仙丹」寄臨。我懶泡懶煮，怪誰？如實敬告，仙單我用不著，一告再告，家人賠了夫人又折兵，還要替你的自暴自棄長吁長嘆，不可終日，又忍不住要傷許多的精神曉你以大義，給你的耳朵繼續灌風。何必？一聲謝謝，不就可以大大的簡化人生？

不但如此，年事越長也越悟出，有人不厭其煩的囉唆你、強你以仙丹，就是大福。福中要知福。最近知福到一個地步，甚至的起心肝，將爸爸從前寄來的一包無名茶包拿出來思量。

無名，因為塞進冰箱存儲之時，為省空間，包裝早已隨手扔掉了，誰會料到一塞二、三十年，直至無記憶可考，不知是啥？心想，藥茶也不外就是補腎補肺之類，吃進去，它自己自然會知道、它負責效勞的是那一個內臟，何必我去操心？總之就是有益，於是決定將之全部陸續入肚可也，以便對得起爸爸。

良藥照例苦口，補茶自不好喝。幸而剛好又摸到一包朋友多年前送的特級大話梅，於是隨手扔入一兩顆與茶同泡，居然頗有酸梅湯的風味，還很不壞。

任務完成之後，心仍有愧，這次的對象輪到媽媽。因為茶包拉出來的時候，發現還有媽媽手製的一包菜乾，同茶包一同縮在一個角落裡。媽媽回天家都三十年了，菜乾居然還菜不改容。中國土法，加上冰箱保鮮，物質何止不滅？簡直是永垂不朽啊！只是菜乾要怎麼辦才好呢？

就在思想菜乾，還不得要領之時，忽然又接總局寄來了一包寶物。

因為有了上述的感悟，郵資便是眼不看為淨，內容亦好好的道謝便了。沒料，第二個禮拜又來了一包。到第三包接踵而至之時，我實在招架不住，不能不發言了。

「姐呀，我火速電郵寫道（副本照例包括姐妹四眾），我知道你不計較郵資，而且我受妳的感召，也覺得我們姐妹自從以電郵取代紙郵之後，更是對不起郵局，所以到第二包寄到之時，心想，不要緊張，這就算是讓妳替我們全體向郵局贖贖罪罷。只是寄到第三包的時候，不行了，這一下超過了平衡，得不償失了。寶物太多，我開始死很多的細胞了。」我們都甚痛惜彼此的身體，一出死細胞的這一招，馬上生效。

發源於珠江南岸

說到郵局同我們家的關係，說來不是話長兩字了得。

黃河，發源於青海巴顏喀喇山的北麓；我家郵河，發源於珠江南岸。不是小巫比大巫，要看此巫指何巫。

想想看，我們的郵票由蔣總統貼到毛主席，貼到葡萄牙卡洛斯王，貼到英皇喬治六世，貼到女皇伊莉莎白二世，貼到只值四分錢的總統林肯，然後五分錢的華盛頓，直貼到今日發財升值不再有止境的、自由女神萬壽郵票。

不可思議，我代、我國、我家，大江西去，浪淘盡，一個個千古風流人物曾經都當過我們的信差。毛主席該是做夢也沒有想過，曾經替反動派傳遞過反動信息。不止，一個一個橫眉相對、你死我活的豪傑，為我們傳信的時候，卻都是一團和氣，一個遞一個的和平接力。毛主席不要摸華盛頓的手嗎？OK，那麼華盛頓先將我家的信遞給英女皇；再由英女皇遞給毛主席。世界大同不大同，借用柯林頓總統的名言，全看定義。

緣起。

我們正式上學是戰後回鄉之年。那是連渡船、公車都不多的時代，所謂同鄉同城意義不大。同城也罷，隔區隔河隔校如隔山，孺子上學，動輒唯有住校一途。我的學校，連幼稚園都有寄宿生。事實上當時連老師都是一家一家的住校。

如此我們上學生涯一開始，就是各散東西，爸爸於是就開始了一項例行的家事。他自己（我本來差不多寫了「他老人家自己」，一想不妥，爸那時不過四十出頭）每星期給我們一人一封信，覆寫紙寫。

我們各人亦照規矩每星期給家裡回一封信，各稟現況。隔週，爸爸的信就會綜合各人的風吹草動、小考大考，總滙報一次。如此信鴿來回飛，一週一巡迴。息息相連川流不息，不知不覺，地球便繞太陽運轉了個四、五十回，爸終於在足享長壽之後歸回天家。

爸一去，我家郵局自然隨即倒閉。

我們姐妹奔喪完畢各回各家，從此週報不再，人人惶惶不可終日，於是來了一次表決：週報要不要復刊？要！於是各人的週信，又重新照舊寄到爸址，也就是三姐的家。幸而此時覆寫紙已經進化到了影印機。

各人來信到達總局後，原版影印，一人一份，國內、國外郵資貼妥，一週照舊發刊一次。如是者，三姐便繼承了衣缽，升任為我家總局局長了。如此又過了多年，直到最近，大姐傷了右手，好些日子不能執筆。週報缺了一頁，大失顏色。

原來一向最整齊美麗、最有內容的就是大姐之頁，其他三份大多語無倫次，加加減減、塗塗改改、一紙糊塗、中英不分。於是各人不約而同的請求大姐，能否勉為其難，用手指打電腦給大家以一點簡訊也聊勝於無？此後，不知不覺大家的紙本信件便也隨著逐漸消失，全都電郵來、電郵去了。

也是自此，三姐不甚需要買郵票了，於是對郵局便心懷歉意，就好像是背叛了一位替我們鞠躬盡瘁了一輩子的忠僕。這就是我家的郵政通史。

爸媽大約是中國第一代接受新式教育的人吧，中中西西，既中亦西。

當我們不少同學的家信仍以「父母親大人敬稟者」抬頭的時候，我們已簡化為「親愛的爸爸媽媽」了。爸的來信更稱我們為「最愛的」。但是當爸爸寫信給鄉親晚輩時，他一貫沿用的則是「××如見」。這是我最近才想起而大感興趣的事。

「如見」，這到底是否就是前代長輩對晚輩的普通用詞，還是只是我們家鄉的方言？查不出結果。

「如見」之「如」者，「像」也，但其實「不是真的」，乃是「好比是真的」。這幾乎相當於現代的「virtual」這個字眼。「Virtual」，中譯「虛擬」，著重科技上的意義，通俗形象化來說，「如見」是也，「肖可亂真」。無論如何，「如見」二字，拿來形容我們一代的家史，實在傳神。

沒有郵局，沒有星星期期週而復始、規律得如同鐘擺的「如見」，我敢相信我們這一生會是完全不同的版本。否則，我們這風聲鶴唳的時代，一家人離多聚少——極少極少，一別一、二十年，怎能不情同陌路？更何來一輩子一呼一吸息息相關的可能？

誅九族

前年因為我家被小偷光顧，花了許多時間善後，趁機清理了很多歷年堆積起來的家當。

我發現清理自己白手起家的家當，有點像親誅自己的九族。我不是大同世界的好國民，不獨親其親、子其子等等全不入我的思維。非誅不可的話，我明顯是由遠而近。

先誅隔村的鄉親，然後閉起一隻眼誅同村的父老，然後是五服之內的外圍，最後閉起雙眼都下不了手的便是第一服的家人。以我的家當而論，最後的一服，就是兩大衣櫥抽屜、外加也是同樣巨型的一大紙盒的歷年家信，其中自然絕大多數是爸爸的手跡。

拿不動，理還亂，當即下了決心，得撥出一年半載時間專門看信，趁早留下一兩盒子袖珍，以後隨時叫起，才可以隨身搬到老人村去，同度餘年。聽說溫故比知新的能力來得持久。未雨好好綢繆。

於是我在給姐妹們的週報上宣報了這件工程。

我說，可惜我不是證據據存，不然相信可以替爸爸向「金氏世界紀錄」申請入榜。一週給女兒一信、維持了五、六十年不曾間斷，應該是一個紀錄吧？我這幾大抽屜的信，不過是我最後一次離家，亦即赴美之後，爸來信的選存而已，已經如此之壯觀了。

不只拿不動，原來理更艱。

第一，我收的信往往不是原版，而是複寫版，本來就非最明晰。其次，那些年日是我們逃離大陸劫後餘生的克難時期，捉襟見肘，連郵資都非吝惜不可。加以爸當時不過是壯年，目力看來極佳，一張航空郵簡可以密密麻麻、寸紙不漏的擠上不下一千五、六百字。

一週一千五、六百字，偶爾還有號外。

爸的手筆工整，空間也就特別的見用，當然怎麼也不曾預料，有一天女兒的老花眼會看得這般吃力，偶爾還得拿起放大鏡來幫忙。看信進度之慢可想而知，看來有生之年也不一定能夠完工。

最好笑的是努力看了一疊爸爸的藍箋小字之後，忽然冒出一句大字，眼睛隨之一亮。原來是媽媽的附筆：

「媽要講的，爸已經講完了。」

我不禁笑出了聲。媽最不愛寫信，甚至可說是從不寫信，但她自己的姐妹，要好的同學，要好的朋友又不少，並且彼此保持聯絡，忠誠一生。此刻回顧，原來那也是虧得爸爸不嫌其煩的當媽媽的通訊秘書。
女兒如見，姐妹如見，朋友如見。

外婆的故事

一讀舊信，好些老早沈潛海底的往事，便重新浮上了水面。浮沈隱現之間，便免不了拿著信，呆思良久。好些陳年細節，越想越迷惑、理不出要領。好奇，不禁在週信中陸續向姐妹們提問。

這當兒，一位朋友給我轉來《林徽音與梁思成：一對探索中國建築的伴侶》紀錄片。我一口氣看完，隨即又轉給姐妹們看。

我說，這二人的生平，不就是爸媽和我們兩代的通史嗎？兩位名人，一家不過五口，國難時期尚且貧病交加到這樣的地步。我們無名一家十一人之眾，後來二姐夭折、外婆去世，也還有姐妹四人，加上阿姨，並兩位情同家人的女工人，一共九口待哺，八年抗戰是怎樣活下來的呢？

我問，為甚麼我們不曾挨餓？勝利後不到幾年又重新亡命到港澳，那些山窮水盡的日子又是怎樣撐下來的？從來不曾仔細思想過。

戰時家政，小孩子自都糊塗。

沒挨餓，只知其然而不知其所以然。但是一經提起那段童年，一些無關宏旨的時地人物，倒是忽然歷歷在目得出奇。

尤其三姐，記憶力素來超人，事事過目不忘。

我們逃難經過廣州灣（今湛江）住進一家旅店云云，第一次看見圓頂的蚊帳，躺在下面覺得豪華得不得了。又落難柳州時，媽媽一個當地富戶學生出嫁，請我們全家吃喜酒，第一次看見一隻烤乳豬，那味道到如今仍津津在口。

乳豬、珠紗蚊帳等等喜事，唯三姐記得。

那是國難時期。

再講下去，原來後來和平還鄉，繼而重新逃亡，由大喜至大悲的辛酸情節，亦數她知得最清楚，那卻是因為四人之中，唯她首當其衝，身歷其詳。不少情事，直至今日交換訊息，其餘三人才恍悟當日之一言難盡。

大姐說，真想不到戰時一家團聚，復原還鄉後反而各散東西，港澳那段顛沛流離的日子令人想來落淚，幸有父神在暗中眷顧。

大亨小傳

美國作家大衛．席爾茲在《How Literature Saved My Life》說，他發現自己有一個習慣，有些書看完之後，就會由尾到頭重新倒過來再看一遍，而這些似乎都是他比較喜歡的書。喜歡不喜歡，人生不就是一本人人有一天、都免不了倒過來看的書？

書倒過來看，會發現不少伏筆，原來如此。一本書的世界，無論多大，結構無論如何的複雜，作者無論才氣多高，畢竟超不出一個作家的腦袋。即使如此。美國作家費茲傑羅的研究專家莫琳．柯瑞根（Maureen Corrigan）最近出版了一本專著，專門研究《大亨小傳》如何由不被看好、沒有銷路的當初，到後來被奉為美國文學之珍的心路歷程。

光是一本《大亨小傳》，柯瑞根宣稱，她就看了不下五十遍。這是遠超過了倒過來看的層次，簡直是倒背如流了。即使如此，她說，仍深感探討未盡，次次都有前所未見的發現。她新書的名字乾脆就叫做《如此我們繼續的讀下去》（So We Read On: How The Great Gatsby Came to Be and Why It Endures）。

比起一本來龍去脈有跡可尋的小說世界，那不能剪、不能裁的人生、我代的世紀，誰能理得清？戰爭與和平誰能分得明？亂世之所以還有苟存的性命，原來是因為造物之主在被造的世界中放入了時與空。

時、空是甚麼？這實在是奇妙復神秘，無以類之的東西。

蘇珊．桑塔格說得好：時間之存在，為的是避免萬事同時發生；空間的存在，則為避免萬事全部發生在你一個人身上。時、空，我發現，且像手指模一樣，人人獨特，沒有兩個人的人生時空是一模一樣的，即使是親如姐妹。

大時代裡的小人物，我家姐妹四人，長途跋涉到今天，舊信重讀引發舊事重溫，發現一路上各據不同的時空，各有不同的視野，不同的記憶，彼此交換補缺，一週一巡迴，如是歷時半載，我們早年那一段國難、家難的崎嶇路，輪廓漸顯。

這段回憶告結的時候，大家在信中不約而同的嘆道：我的心啊，你要稱頌耶和華，不可忘記祂的一切恩惠！這是兒時背熟了的詩篇——大衛的「感恩備忘錄」。適逢感恩時節，我便將各人電郵中的回憶，順著年代串聯綜合起來，檔名「備忘錄」，一人電回一份。

「備忘錄」，意味著提綱挈領，細節從簡從缺，有點像古畫。

博物館裡年代已久的的古畫，逐漸褪色，越來越模糊。進行搶救維修之前，例必先塗上一層透明的保護膠。一切填補的筆觸都是在保護層之上，不觸及下面的真跡。萬一有日進步到一個地步，真跡有希望原筆復現的時候，補筆很容易便連同保護漆一同脫去，真跡便能原形畢露。

我所謂「備忘錄」裡出現的人物、場景，就是古畫色褪之後，還能辨認得出的大手筆。茲已淡去、無從追索的細節就無法強求了。除了曾經鮮活的畫跡會隨歲月淡去之外，畫不論古今，復有連原版上也不曾透露的草稿筆畫。人生世事更是如此。隱秘的事，不屬於我們。有日保護漆將會脫去，一切都面對面的時候，任何補筆就都成了多餘。

天井中的頭條事件

常聽今日大陸家庭的獨生子女，是六個大人捧在手心上長大的。這是意味著父母、祖父母、外公外婆一一健在，應該也意味了起碼的太平日子，團聚的可能。我們家的四老，姐只知外婆一人，而真有印象的，也只是外婆的死。

抗戰初年，我家先由廣州撤退到香港，租住沙田、一大戶人家一層連著天台的樓房。樓房十分寬敞，但與屋主家族各房，同一天井出入，各家的風吹草動，息息相連。我們有個外婆，他們有個老祖母。兩老之死接一連二，成了當時天井中的頭條事件。

先是房東老祖母病危。

不知是甚麼原因，族人相信：人死，不能死在屋子裡，必須抬到天井去，莫非因為天井沒有屋頂阻隔，比較方便靈魂飛升，赴奔黃泉？無論如何，老太太被抬到天井好幾次都還沒有完事，不時喊叫，說是有鬼怪拿著鎖鏈追著她來，到後來晚上不肯再一人獨睡，找了一個十一歲的小丫頭陪她睡覺，直到去世。

老祖母去世的前後，香港已經危在旦夕，眼看馬上就要淪陷，難民人家早已紛紛走避到偏遠內地去了。所謂扶老攜幼，起碼的條件就是一雙可以走路的腳。「逃難」，廣東話不叫「逃難」，叫「走難」。「走」，就是腳的事。

急難中，小孩子用挑、用抱，三寸金蓮的老人家就束手無策了。香港淪陷急在眉睫之際，外婆向主懇求，能不能快快接她回天家？好讓一家大小可以拔腳上路。

一天晚上，外婆突然發病，送到醫院急救，兩天之後就去世了。彌留之時兩個女兒——我們媽和四姨，隨侍在側。唯一遺憾的，沒有見到大女兒。大姨此時在美國留學。

關於外婆，除了她的死，記得最清楚的只有爸爸的一句話。

大姐說，母親去世後多年，爸爸年邁之時有次忽然有感，自言自語的嘆道：「我家之有今日，」爸說：「全是因為婆婆（廣東人對外婆之稱）！」

就那麼一句，沒有細節沒有解釋。即使有，當時也沒有人有閒心去聽。到今日忽然想聽，自然是已經太遲。

爸爸，一個女婿，對他的岳母，我們的外婆，如此一句評價，具體的內容是甚麼，永遠是個懸案。

四個女人

話雖一句，說來想必話甚長，而我們所確知的，只有一點——外婆是我家第一個信主的人。

說到外婆，就不能不同她的三個女兒相提並論。

我心目中的外婆，就是老照片上眼大大、眼深深的那位老太太。相片上，年輕的媽，長得像外婆，但沒有外婆好看。四姨，是姐妹中最漂亮的一個，但卻又一點也不像外婆。

姨母呢，一看就知是老太太的女兒，是我們媽的姐妹。同出一模。但姨母不穿她妹們的洋裝，而是一身及地旗袍，西式仕女髮髻，該是那時代女讀書人的風格吧。總之，一看就可以斷定她的成績單必定不凡，兩個妹妹就比較難說。

有印象這四個女人的家長，我們的外公，是個封建保守的讀書人。換言之，女子在他家族，命運是註定的，沒有前途可言。偏偏外婆生的又都是女兒。

外婆識字，本來就膽色不凡，信主之後，耳目更是為之一新，豪氣勃勃，決心要為女兒們開拓新路。百折而不肯放棄之最後，竟不顧夫家的反對，毅然背井，隻身將三個女兒帶到城裡去，讓她們接受新式教育。

相傳外公追趕妻兒直到碼頭，四個逃犯的船剛剛開走，阿公徒呼荷荷。那千鈞一髮的鏡頭，有沒有加了油添了醋就不得而知。總之，如此這般，三個女兒得以接受教育，不只循序畢業小學、教會女中，最後竟還有幸進讀廣州嶺南大學（今中山大學）。

提到教會學校，我們的書信便不免談到了姨媽淒涼的晚景。

戰後，姨媽留學完畢，被教會派回她們中學的母校當校長。不到兩三年，大陸淪共，她的餘生就全部在囚禁中度盡，除了最後短短的日子，因病保釋，得以病逝在我們廣州的老家。陪她度過最後時日的親人告訴我們，姨媽最後在家的日子，找到了大姐的兒時日記。

抗戰時期，爸爸每天教大姐背唐詩，寫日記。日記草稿，經爸修改之後，再用毛筆抄騰。大姨找到的，就是這本國難日記。

說是大姨拿著日記，天天來回的翻看，邊看邊垂淚。不久，文革火荼而至，萬幸大姨此時已息勞苦，得免更為不堪的末日。日記，則在草木皆兵、寧錯而不敢漏的恐怖中，連同家裡的藏書一同燒掉了。

談到大姨，想起今日事無大小在網上都查得到。儘管將大姨的名字打進谷歌看看。名字果然出來了，乃是筆附在別人的行傳裡。

姨媽，某校的首任校長云云；並未註明是「華人」首任校長。以反動之身陷獄半生的姨媽，今日上榜，卻是因為其校出了好幾位對黨國有功的「新女性」。這是不是我們的時代最大的一個諷刺？又或者，人生人世之啼笑皆非，根本就是人類歷史的正常。

其實那些所謂「新女性」，有些算來比姨媽的年代還早，姨媽哪來福氣是她們的校長？前清創校的西教士才是。姨媽本人也是跟她們一樣，也是教會為我國鑄造出來的「新女性」之一。

忽然有所領悟：牢外之人的作為，真的都是貢獻嗎？坐牢，說不定也不能算是完全的浪費。要看是誰的算盤。

不知有沒有人如此研究過？倘若基督教從未進入過中國，中國今日會是甚麼樣子？這樣大的題目，我自然沒有資格去談論，因為「倘若」的局限，即使由國家縮小成我們一家，我發現，我亦無法探詳。

只是當我將我們姐妹的回顧綜合的時候，我發現了一條明顯的主線。那一根主線，繫自外婆。沒有外婆，沒有她這第一隻領頭羊，也就沒有我們這一生的故事。可惜外婆自己的故事，就只這幾筆。

美國詩人龐德酷愛中國的唐詩。他有一首極短詩，只有兩句，名叫〈地鐵車站〉，形容車窗在眼前飛馳而過，窗內四、五張美麗的面孔，驚鴻一瞥：

「芸芸眾生中一縱即逝的幻象，雨洗黑枝上點點的瓣花。」

那素描速寫的意象，不正是我們唐詩、國畫的意境？也正好形容了我們劫後餘生的「備忘錄」中，始自外婆的人人事事。

柳侯墳周圍的槍聲

西俗以野地的百合花、空中的飛鳥，比喻天生天養、無憂無慮，意象出自聖經。

回顧起來，我代生逢其時，內憂緊接外患的日子，之所以活了下來，天生天養絕對沒錯，但若說像飛鳥的話，那麼，我看大概是中國麻雀，就是我們全國敲鑼打鼓、共和除害之時、漫天飛撲的那一批人民公敵。

這種倒楣的麻雀，我們稱為驚弓之鳥。看地球歷史：驚弓，可幸，仍算是鳥之非命。在世界還沒有末日之前，驚弓之鳥，總還有逃脫而倖存的餘種。換言之，我敢說，大陸如今仍有鑼鼓敲剩的麻雀子孫。

那該是因為牠們的祖輩，在鑼鼓追殺之下，急急拋棄了家枝家窩，飛到了鑼鼓不及、偏遠的樹林裡去。倦鳥不回頭，由棲枝飛到棲枝，單著腳過夜，等鑼鼓停息之後再尋枝落戶、再白手起窩。其實我並不懂麻雀的生命史，這只是以自家之歷，測麻雀之蹤。

但是再想深一層，不論麻雀或人，似乎都不能因為同類同飛便一概而論吧？同類同飛之中，又有稚人稚鳥、和成人成鳥之分。二者的感受有時會謬之千里。

比喻說，我家的逃難歲月，三姐第一個記憶是廣州灣的蚊帳。廣州灣是我們逃難水路的第一個落腳站。留宿的旅店，第一次看見圓頂的蚊帳。躺在裡面好像白雪公主，覺得豪華極了云云。媽說，這叫珠羅蚊帳。豬玀也有蚊帳！豬玀，豬玀更是樂不可支。

肝膽之交

同次難船上，復又巧遇爸爸大學的一位同學，李伯。兩個大人，相見甚歡。李伯剛由美國農科留學歸來，說是家鄉柳州有個大果園，一口就邀請了同學全家到他家去避難。如今想來簡直不可思議，到底李伯有沒有數清，同學一家一共九口！

這種俠義團結之風，不知到底是爸他們那一輩人的古風，還是他們學校的校風？照我的觀察，起碼是他們一班的班風。嶺南大學的舊址，今日的中山大學校園裡，還保有原名的惺亭，就是他們班送贈母校的畢業禮物。

爸十一歲就讀嶺南，由附小直讀到大學畢業，同學不少，彼此似乎都對拍胸膛、肝膽相照。逃難期間，去路不同的同學，互為彼此的保險箱，互託貴重，各逃各路、各安天命，意在家寶若有一失，但願仍有一存，不致同歸於盡，祈盼和平後還有一些重新起家的劫餘。

也許正因為這樣的成長背景，以致爸一生比我們任何人都天真。一次他考慮和一個不大相熟的人合夥幹甚麼，猶豫未決之時，有日在茶樓相會，一看，對方結的領帶，竟然同自己的一式一樣，大喜，這就是最大的保證。面鏡相照，等同肝膽無疑，吃虧之後總是驚奇。

無論如何，回顧起來，落難崎嶇路，我們得以走過，還真的是虧得爸媽多個同學、同道、肝膽之交。這是上天所賜我家的一個極大的祝福。就這樣，李伯一言為定，我們逃難內地後，第一個棲枝就是柳州李家的家園。

姐記得，我們住在果園門旁一間小屋。

洗澡是在果園裡。園門一關，便在門後洗刷，提心吊膽，唯恐遇見人。人，沒有遇見過，後來也就越來越放心，還有閒心欣賞樹上越掛越大的柚子。一陣順風之時，偶爾還可聞到番石榴熟透之香。

那一年，李伯柚子豐收，實行冷藏保鮮。不知是何緣故出了差錯，柚子爛掉不少，損失頗鉅。爸爸為朋友婉惜，頻頻搖頭嘆息道：怎麼搞的？美國方法看來也不怎麼樣嘛！

廣東、廣西不只地理相近，方言亦相通。

如今想來，廣東人像我們這樣逃到柳州去的必定很不少。因為不久，便成立了所謂廣東旅柳同鄉會，創辦了頗有規模的中小學，除了自己子弟外，還收了不少當地人。

學生不論長幼，一式童軍裝，人人慷慨激昂：唱抗日歌、演抗日戲。學生勞作，似乎人手一隻剖半的竹筒，一律「還我河山」是雕（抗戰時，拿雕刻刀在竹片上刻「還我河山」口號）。這種事情爸爸最為熱衷：抗日之事，同鄉會之事，自家之事，一時也忙得不亦樂乎。

自家的事，就是作較為長久安家之計。

李伯之誼，落腳有據之後，眼看戰事並不樂觀，還鄉無期，爸便開始了各種可能安家的計劃研究。不久更發現了我家那年輕不更事的女工人，門後洗濯勞作之時，不時順手牽羊、採吃人家的番石榴，並且還分給兩個光著身子、她正洗正刷的家小，三人一同吃得津津有味！

爸媽為此提心吊膽，因為這女孩一向「手腳」隨便，嘴饞，又健忘，可一難保不再，那一天讓族人發現了如何收拾？如何對得起朋友？唯一杜絕後患的辦法就是唯有遠離禁果。

長遠之計於是更是刻不容緩。

柳侯公園

不久，爸覓得了一塊小地。

不是真買，只是購買一定年限的使用權。這究竟是戰時的措施，意味著還鄉指年可待的把握，還是當地的規矩，不得而知。這倒很像舊約的以色列人，各支派有權、有責任守著祖傳之地，不得賣斷。

總之，就這樣，柳州柳侯公園後面，不久便出現了一間小洋房。洋房也，全部土法泡製，所謂的「竹織批盪」——竹織架子上面，大約是糊泥吧。但若不知內涵的話，完工之後倒是漆得頗像模樣的，爸亦洋洋極有成就感；入厝之日，在前院釘上一個醒目的招牌：「伊甸園」。

姐回憶道，「伊甸園」還有自己的防空洞呢！真的？我在信中回笑：「伊甸園」可說是爸爸不折不扣的草木禾稭之傑作啦。「草木禾稭」，就是保羅之經典成語，形容外強中乾、不能經火的工程。但是笑管笑，爸的阿Q精神不容輕看，而且可幸亦傳給了我們，越老越覺受用。

「伊甸園」園地，不知爸爸實在買得多少年的使用權，起碼該有相當年日吧？難民們必定深信柳州足夠安全，不然爸爸這些客居的外省人，不會作如此安家的投資。

雖說只是竹織批盪，畢竟是動土動木的大工程。

今日查抗戰年譜才發覺，我家進住「伊甸園」，一年多該還不到兩年，柳州便淪陷了。那時，我們又已亡命到了桂平。柳州陷敵頭尾雖只七個多月，但日軍撤退之前，全市大破壞，到處縱火焚燒。「伊甸園」的結局只有天知道。那是後事。

暫且回歸「失樂園」之前。「伊甸園」我倒沒有甚麼印象。我的第一個「樂園」、卻是「伊甸園」前面的「柳侯公園」。公園裡的花草樹木、名勝古蹟、牌坊祠廟至今己印象依稀，唯記得一間頂著一隻瓜皮帽子也似的、圓筒形石砌建築。

那該就是柳宗元的衣冠塚。我和妹妹的最樂是繞墓團團轉，彼此追逐，槍口對打的唱著「一槍打漢奸，一槍打東洋，不怕年紀小，只怕不抵抗，只怕不抵抗！」

世事耐人尋味：柳州史承二千年，古蹟不少。唐侯柳宗元，是被貶到了柳州，我們是逃難。大巫、小巫，天涯淪落，相逢不相識，禍禍福福，負負得正。感謝柳州人民的紀念，失意的柳宗元一定沒有料到，千多年後，因此快活了兩個禍中不知禍的小難民。

我家既是「柳侯墳」墳後的緊鄰，天時地利，柳侯公園便成了我們的桃花源，特別是我和妹妹，兩個無業遊民。

柳侯公園也是我們的啟蒙私塾。老師是四姨。

戰時落難的人家，一家一個肺病病患，似乎並不是甚麼奇事。我家的肺病病人是四姨。

年輕的四姨，是香港瑪麗醫院出身的護士，抗戰初期得病，留醫母院，病體未復便又不能不跟著我們繼續逃難。

時勢使然，此時每天還得領著兩個毛頭去學加減。用非所學是其次，我們二人交頭接耳、嘻嘻哈哈，可憐黛玉似的四姨，糾察得委實辛苦。

講衛生，才是四姨的本行。

衛生，可幸公園裡也大有可講之處。

園裡的石級石凳石欄杆，四姨不只准許我們跳來跳去，不時還望日觀天，驅趕我們逐陽光而坐，命令我們一面數手指、一面吸收維他命。

換季時節，冬衣入箱之前我們更是忙得不亦樂乎。先是穿著自己的毛衣，然後逐日攬著其他人的冬衣，到公園裡追太陽去，進行消毒。印象中公園似乎沒有甚麼人，或者那時日間，全柳州只有我們三個是閒人。天下為私，我們閒人亂坐，閒衣亂鋪亂曬，隨心所欲。這是我們一生所享，民權之最高峰。

除了消毒之外，四姨還有另一天才。

家居香港之時，她行經百貨公司，一旦看見一件好看的童裝，回家後她就能變通複製得青出於藍，因此姐們自小的穿著都羨煞別的小朋友們。這是錦上添花。而抗戰後期我和妹妹有衣蔽體，也是虧得四姨雪中送炭。

姐們的舊衣我們穿完之後，新布不可得，四姨又想出了一個辦法，就是將幾個行李箱子裡的布履子拆出來使用。舊式的皮箱，似乎都有布為履，而且好像一式都是白底藍色大印花。

白底藍花，便成了我和妹妹的制服，直穿到還我河山。

冬寒，四姨也能拿一件大人的舊毛衣，拆還成線，重新再替我們打兩件童裝。有剩的話還可打出一雙襪。

事實上我家皮箱最底一直還有幾件非常漂亮的通紗洋童裝和幾個洋娃娃，是在香港之時，大姨由美國寄回的。但都是聖誕時節，上台表演的時候，媽才讓穿個一次半次，所以由大穿到小都還像新的一樣。

虧得如此，最後才可以拿來賣錢。

安娜和小獅子

這一時期，媽媽在中學校裡教英文和音樂課。不時就會拿著學校發給的套嘴鋼筆，對著一瓶紅墨水和一本學生作業唉唉的嘆氣。那必定又是一個名字彷彿叫作「你好香」的女孩的作業。

她是媽媽的一大煩惱。

那麼用功的好女孩，媽總是對卷呢喃長嘆：怎麼ABCD就是這樣的一竅不通啊！讓她過關又不是，不讓過關又不忍。

媽媽的煩惱不久迎刃而解：「你好香」退學了，要出嫁。

她家是當地大戶。我們被闔府統請。

喜宴我無記憶。姐說，我們全穿上了皮箱底的美國衣。這也就是姐沒齒不忘的、第一次看到一隻烤乳豬之來歷。烤乳豬一頭，姐至今仍嚥著口水似的回味：皮脆脆的、香噴噴的鋪在筵席中央，啊！

不幸，樂極之後接下來是大悲。

柳江大水，沖走了浮橋，正值晨早上學時刻，過橋的人就這樣隨波而去。死難不少都是中小學校的師生，愁雲慘霧一片。

媽媽這些當師長的，事出多日，沿門探訪、慰問遇難學生的家長。我家也沒人再提「你好香」的酒席了。

「伊甸園」歲月，不到兩年，除了媽校裡的洪水事件，家居生活可算安穩平靜、有節有奏，是戰時絕無僅有的僥倖之福。兩年之久，大驚不曾，小怪也只一次。

某日，姐夜半起床去洗手間，驚見有人影正在攀上前院籬笆，一隻腳已經跨過了「伊甸園」的招牌，正要跳進園子裡來的架勢，嚇得大叫。爸應聲而起，立刻掏出了枕下常備的手槍，向天開了一槍，屋裡屋外都給嚇得魂飛魄散，人影隨即火速消失在柳侯公園後面。

爸的手槍是一位肝膽朋友送的，必要之時保家衛國。媽極不領情，時常數落：好送不送，送這樣嚇死人的東西，不要爸留它在家裡。爸威風了這一次之後，媽靜默了些時。後來驚定思驚，又坐立不安起來。

開槍實在太可怕，不是辦法，媽說，出了人命怎麼辦？爸說，那我們養隻狗吧！這也正中爸之下懷。於是養了一隻大狗，不久又加養一隻狗娃：大狗叫安娜，小狗叫獅子。當日，朋友中的狗輩流行用洋名，雖然全部是土狗。

媽怎麼肯一養、養兩隻狗？我問。

姐說：安娜看前門，獅子負責後門。

奇怪，我說，然則狗真能知道各有站崗：風吹草動，不得多事、不得離職彼此串門？因為兩隻狗說是感情很好，情同母子。

姐說，安娜極其懂事，脾氣又好，和鄰睦里。小獅子則汪汪不停，一派娃聲，可愛得很。一派娃聲？那豈不是賊聽猶憐？難怪爸後來在「伊甸園」招牌之下，又加釘了一個副牌：「內有惡犬，閒人勿進！」

安娜和小獅子入門沒多久，人、狗聯誼正歡之後，柳州時局驟催緊張，難民又非逃亡不可了。「伊甸園」裡頓失常態，平常安靜無人的白天，如今人頭擁擠，亂作一團。人人面色惶惶，忙著往皮箱、往布袋裡塞東西。

小獅子汪汪的看熱鬧，但大狗安娜卻深有預感，目光淒淒，不時哀哀的吠一兩聲。爸看著極其傷心，但又沒有辦法將她帶走。船位，即使人亦難求，何況狗？不得已只能將她同小獅子一起託付了一位當地的阿婆。

阿婆曾在我家幫傭。人、狗也唯有如此安排，各安天命了。逃難隊伍離家時，安娜一直跟來，最後竟然落起眼淚。姐們印象中，繼二姊夭折之後，這是爸爸最傷心的一次，直到年邁告老美國，想起安娜和小獅子，仍然耿耿。

正如「伊甸園」的結局，安娜和小獅子的命運我們亦無從得知。

但我猜，活多幾個月、到柳州陷敵，又或者有幸再繼續活多七個月到日軍撤退，到撤退之前才在焚城火中被燒死、大約不至於，甚至可求不可遇。最有可能是入了同胞的胃，不區是在淪陷前還是淪陷後。

總之，生為中國狗，死入中國胃。這算不算悲壯？算不算是為國捐軀？

萬古磐石

總的來說，日軍還未追到，柳州粗安的時期，像我們這樣的外來難民，可說度過了兩年差強人意的好日子。我們一家大小，各就各位，修身、齊家、治國，一槍平天下之外，最忙的就是教會生活。

教會生活，也是全家投入，這是空前之事。如今想來，事實上逃難日子結束之後，隨著國運、家運的繼續演變，後事證明，此舉也是絕後。

話說爸媽，大學時代兩個時髦的文化基督徒，七八年滄桑，外婆死、二姊夭，時至落難時日，已經開始認真對待信仰。到了柳州，時勢使焉，因時際會，客地教會英雄雲集。

宣道會的建道聖經學院，自十九世紀末年，設在廣西梧州。戰局緊張之時，兩廣的難民，不論教外教內，全都躲避到戰時的西南大後方，就是梧州附近的柳州。柳州宣道教會，一時人才濟濟，盛況空前。會牧是建道監督楊濬哲牧師。此外，復有傑出的女教士多位。還有活躍於救世軍救濟事工、全副軍裝的女傳道。白色衣裙，領子上繡著鮮紅色字號——記憶中永遠的威風。

教會的主日學，由幼兒班直到中學，都不是坐下吃喝起來玩耍的兒戲，而是識字未識字，全都認真的上課，認真的背誦聖經，不時還鄭重的舉行比賽。這也是我生平第一次坐課堂。

大人方面，媽媽和四姨則投入了教會詩班。班長是于力工。于牧師那時許是大學剛出爐的小伙子吧。詩班一會兒中文，一會兒英文的唱得十分熱鬧。媽媽唱第二部。

最近我們姐妹在電郵裡交換著回憶的時候，耳邊忽然響起，「萬古磐石為我開/容我藏身在主懷」的詩句。但不是眾唱歌本裡常用的旋律，而是當日大人詩班採用的另一曲調。第一部柔慢迴轉的唱著第一句「萬古磐石為我開」的同時，第二部嘈嘈切切、以加倍速度的節奏配入「萬古磐石為我開，萬古磐石為我開」的兩句重複。

有一時期，媽在家不時就會「萬古磐石為我開/萬古磐石為我開」每句成雙，嘈嘈切切的唱將起來，所以此曲灌進了我們腦袋裡的也是如此這般的二部，一部從缺！我好奇上網試找，沒找得著。

同一時期，我們平信徒們，不論大人小孩，則唱熟了好一批〈宣道詩〉和大量的短歌。「主能領我經一切險路/主恩主愛在一路照料」、「洪水氾濫之時/耶和華坐著為王」等等，起碼一、二百首長短詩歌，自此不加思索，追隨一生。

總之，旅柳之年，教會可說是我們第二個家。這也是為甚麼當柳州時局緊張，我們必須繼續逃難的時候，這次不是自家獨行，而是結了新隊了。

蘇武牧羊

我們下一個逃城是桂平。

柳州、桂平之間，我們不只逃一次，而是前後逃了兩次。今日史實擺在面前，才發現原來柳州與桂平淪陷的日子，相隔只不過一個月，尤有弔詭者，乃是桂平比柳州還先淪陷。

倘若人生就像可以作弊的考試，一題半題可以買通，只此一項得以預知，我猜，應足以將我們留在「伊甸園」吧？已過的人生是歷史。歷史是沒有如果的。

幸而無知，局步之明，說不定足以致命。

不錯，日軍先陷桂平。

十多天後，我軍進行反攻期間，日軍復圍攻桂林和柳州，敵勢極其兇猛之際，我方不得不放棄桂平，全力退保美空軍基地所在的桂林和柳州。柳州被三面圍攻，經三天激戰後陷敵。

淪陷前，柳州難民被日軍追殺直到貴境，這是抗戰史上最慘烈的一次大逃亡。桂林柳州兩重鎮，淪陷七個多、八個月後，日軍撤退前，又復承受了極大的蹂躪和焚燒。

收復之時，兩城均滿目瘡痍、慘不忍睹。至於桂平，目睹的回憶錄記載，亦是男殺、女姦、火焚，還有被關在柴房裡放火燒、被綁大石頭墜江等個別事件，聽來亦同桂林、柳州不相上下。

這一切的歷史都是我今日才發掘出來，不禁納悶，我家不是逃到桂平嗎？怎麼我沒有甚麼見過日本人的記憶？以此為詢，姐說，到了桂平，我們復又躲逃了兩次，我們面對日軍只有一次。我無印象，但對姐來說，卻是猶有餘悸。

三件事

話說柳州、桂平之間，我們共是奔波了兩次。

第一次逃離柳州，只是四姨和一位女僕，帶著我們小孩子們先行疏散到桂平。我家兩個女僕，一個就是那偷吃蕃石榴的，另一個正相反，既懂事又能幹，是我家忠信得力的要員。

我們第一次到桂平，爸媽仍留守「伊甸園」，意圖觀望時局，再作決定。不久，時局果趨緩和，我們又大軍啟行的回歸。時局再度惡化之後，明顯不再有坐觀之餘地，這才不得不忍痛託付了家犬安娜和小獅子，全家速速上路。

這是第二次。安娜的預感成真，這次是永別了。

第一次疏散到桂平，我們大小只六人，同在一間大樓的上層、一間大房裡打地鋪。落難期間住過的地方和房子，我最有印象的就是這兒，因為樂透了我和妹妹。我們的大房，一半地板從缺，不知是蓋到一半不夠建材，還是空炸時震掉了的，總之半個房間沒地板。

兩個大人聲息俱厲的囑咐再三：絕不能行近地板缺口。

大人一轉了眼，我們便躺在地上，像兩根擀餃子皮的圓棍子，慢慢的滾過去，到了缺口邊緣，腹臥著俯視樓下的世界。其實樓下，依稀記得，不過是一地的爛瓦渣，沒甚好看的，但因那是犯規又冒險的行為，超刺激。

那大樓是一間盲人院，就是宣道會、民國初年設立的耀心瞽目院，教盲童學盲人字，學彈琴，學維生手藝。後來要求入院的兒童日增，無法容納，正在進行擴建的時候，碰上了五卅慘案（又稱五卅大屠殺），舉國反帝情緒高漲，桂平亦洶湧示威，教會的慈善事業被指為文化侵略，傳教士被逼撤退，盲人院工程遂半途而廢。

收容我們的，就是這間耀心院。短短的寄住期間，深刻姐姐記憶裡的有三件事：

第一，在盲人院中，我們結識了建道院長趙柳塘牧師一家。姐最記得的是趙師母給我們吃了很多、很好吃的新鮮橄欖。戰後，趙家小女兒和我一同上小學。又者，因著趙家大姐姐之誼，我們後來結識了我們第一位鋼琴老師。無形中為我們埋伏了五、六年後，第二度大逃亡之去路。

盲人院的記憶之二：院內有一位盲人羅姑娘，詩歌不論點到那一首，只要一聽數目，她就能馬上彈出。〈宣道詩〉二百八十多首，羅姑娘百發百中，沒錯過一次！

第三，我們四姨自曬蝦醬，一日驟雨，叫姐去收，急手急腳，栽了一跤，蝦醬倒翻一身一地，臭通全院。衣服上的氣味百洗不除，但又不能言棄。臭衣後來輪到我直穿到還我河山才叫扔掉。

你見過牛嗎？

第二次逃到桂平，同行是楊濬哲牧師一家。

桂平落腳不久，戰火再次燃至眉睫，我們於是又得躲到一個更偏遠的小村去。這次沒有舟車挑擔代步，廿多里山野路，由大至小全體步行。媽媽一路上在野叢中找尋可吃的野果，逗引著幾個小的步步前行。

到了一個名叫羅旺寨的小村。

一張姓家族將他們戰時停辦的子弟學堂租給我們。我們一屋兩家，無界而分，各據學堂大屋的一邊，中間是客廳，共用。屋子一如柳州，亦是與農園為鄰，這次是甘蔗園。

園門無鎖，只能虛掩。蔗園，也是大家的公共浴室。有過以前柚子園的經驗，老馬已識途，我們臨洗不驚，亦不再浪費分秒於提心吊膽，全副精神貫注在效率速度上。

我們兩家孩子年齡相仿而交錯，那邊除了媽媽，全男。我們這邊除了爸爸，全女。恰到好處，就像美國北卡羅萊納州的名勝——摩拉維亞初代移民的沙龍古城，男童、女童，集體各居一舍，分稱「單身弟兄宿舍」和「單身姊妹宿舍」。

羅旺寨那段日子，任何人自都沒有學校可上。

學堂兩邊，各辦自家私塾，作息卻都不含糊：習字，造句，作文寫日記，背唐詩、背聖經，讀英文，學加減乘除四則代數，各就各齡……姐說，比在柳州上學還忙。

那段時日，我自己所上的課，除了記得有個叫孫大年的傢伙時常出現國語課本上之外，此外一概還給媽媽和四姨。永誌腦袋之中的卻是「弟兄宿舍」那邊傳來的一句朗書聲：「你見過牛嗎？牛怎樣耕田呢？」還有直到如今，耳邊仍舊清晰可聞的，就是那邊每餐傳出的潮州話謝飯歌：「我所倚靠主／因主必預備」。

課餘，我似有記憶，男生宿舍那邊不時捲起褲腳跟他們媽去田裡捉魚，聽來比我們好玩。我們的休閒活動是跟傭人上山撿柴，並採摘一種可以代替清潔劑、用來洗頭的小果子。我們那能幹的女僕學會了自製肥皂，但原料來之不易，得極省著用，洗頭全靠那些扔入熱水中就能出滑泡泡的山果。

蘇武落魄胡不歸？

有一回妹妹跑得太快，一頭栽正一塊大山石，額頭開了個洞，血流如注，嚇得大家手忙腳亂。

趕緊抱她回家，一路上血仍流個不止，先前殺豬般的叫嚷、慢慢變成哀哼，大家心膽消化，認定她是不是快死了？死是沒死。到家後四姨趕緊為她止了血，但失血量已太驚人，卻又想不出甚麼補救的辦法。

不久，爸不知從那裡牽回來了一隻羊。羊奶歸妹妹獨喝。就這樣我們上山撿柴時，同時放羊。同羊在一塊，我們不時就會觸景生歌，圍著正在吃草嚼葉的羊、邊歌邊舞的唱起〈蘇武牧羊〉來。

〈蘇武牧羊〉是姐在柳州上學時唱的歌。我們聽熟了幾成。當日同時，教會也在唱一首〈浪子回頭〉歌，亦用蘇武牧羊調。兩首歌於是混為一唱，先入耳為強：「蘇武落魄胡不歸？遍地是荒年，叫苦連天。渴飲雪，餓吞氈，牧羊北海邊。放豬謀一飽，豆莢亦垂涎，受盡苦中苦，方知悔從前，夜坐塞上時，聽胡笳入耳，心痛酸。」

我們啦啦的唱，吃草的羊不時就會抬頭「咩」一聲的瞄我們一眼。我們的羊後來還生了一隻小羊。小羊一蹦一跳，也咩咩的跟上山來。

羅旺寨這一段日子，最大的高潮應是那一年的聖誕節。我們兩家被邀，齊齊結隊遠足到幾里以外的牛排嶺，在一信徒家過夜，慶祝聖誕。那邊是不是有一小小的教會，記不得，但肯定有個講台。

講台永誌不忘，因為上面出現過一個聖誕老人，大包袱裡一小包、一小包糖果橘子，包包具名具姓。聖誕老人摸摸鬍子逐包點名，我們屏息豎耳而聽：喊一個，孩子們上一個。有一兩個名字喊歪了，小小的歪某竟然亦馬上會意，應聲直衝講台，毫不遲疑。最後，糖果也果然各歸其主。那一晚真叫人高興。

家居的平常日子，我們有晚禱會。屋內無燈，黃昏尚未齊黑之前，在戶外舉行。這時候，一位村人老公公，不時就愛跑來，蹲在我們旁邊，咕嚕咕嚕的抽著一根竹筒水煙，一面聽我們唱歌、看我們的熱鬧。

大人禱告的時間，他間中隨內容穿插著回應。大人如果說：「謝謝天父，讓我們在張家面前如此蒙恩，」老公公就說：「不客氣。」星期日，楊牧師有時領大人守聖餐。葡萄汁不可得，好像是用甘蔗汁代替。

村人的確待我們甚有恩情。

家族幾個十來歲的表姐妹很喜歡過來逗我們幾個小的玩。

村人男女老幼都穿唐式衫褲，看見我們那一身皮箱履子縫出來的短衣裙，她們好奇問道：你們有沒有穿褲子？妹說：有。拉起來給她們看。她們該是第一次看見這種亞當夏娃式的內褲，睜大眼睛搗著嘴巴笑。

村女的名字不清楚，大伙呼來喚去只以排行數字為記，例如十妹、八妹等等；沒聽見過有喊姐的。媽也就沒有像一貫的限定，非要我們稱她們十妹姐、八妹姐不可。我們於是跟大人一樣，十妹八妹的喊得很開心。媽且又放心讓我們跟著她們到處跑，跟她們唱山歌，看她們割路邊野生的長條葉子，修修削削，編成籃子。

族中還有位青年叫晚叔，大約是比十妹、八妹高一輩分，但是是同輩中年紀最小的一個之稱謂吧。晚叔自告奮勇教姐姐和幾個失學的孩子們數學。其中一個一同受教的同學，他爸是我們爸的族叔，所以這小胖子哥哥，我們也得叫他叔。小胖叔的爹是戰時的空軍政要。小叔人稍胖，又斯文，不似空軍的兒子，但是一年之後，當日本投降的消息一傳來，高興得竟然不問三七二十一，馬上隻身翻山越嶺步行回桂平去！大家無不刮目，都說，「果然是空軍的兒子。」這是後事。

此刻，小胖叔仍在上補習。有日，課上倦了，晚叔老師說，去我家蔗園逛逛；到了蔗園，還折了根蔗給大家吃。大家啃得高興的時候，不知為甚麼忽然有人喊打、喊殺的追過來，大家嚇得馬上將蔗扔掉，拔腳飛奔。

這是怎麼回事今已無記憶可考。姐說，晚叔不可能是個偷蔗賊。我猷猜，那趕人的人一定是一眼見到幾個陌生孩子在啃蔗，當然追來，你們拔腳太快，不然那人走近了就明白原來是晚叔帶來的。姐說，有可能。總之，毫無疑問，晚叔數學教得極好。

有一回，張家女兒出嫁，我們家送新娘一對英國茶杯碟。這一套茶具是家寶，由香港一直跟著我們逃難。一套送掉了兩份杯碟，這大約是其時我家所能送的最大禮物了。幸而鄉人也十分喜愛。

嫁女，最大的喜慶應是在迎娶的男家吧。這邊娘家的熱鬧帶著傷感。郎家在十多廿里路之外。新娘起早，簪花掛紅，在姐妹們唱鬧著哭嫁悲離的村歌中被擁上花轎、擁出村門。尾隨於花轎後面是她的嫁妝。我家的杯碟是其中之一。後來消息傳來，新人隊伍半途遇上土匪，嫁妝被劫一空。萬幸人倒放走了，平安到埠。不久，娘家又受託來問，那一對美麗的洋杯洋碟還有沒有？能不能補送？姐不記得補送了沒有。

一寸河山

張家所在的羅旺寨，離桂平市約廿多公里，照計桂平市此時若非已經淪陷，起碼是燃眉之近。總言之，我們同日本兵馬上就要打個照臉。

桂平、桂林、柳州是在一個月之內相繼失守的。之後，日軍乘勝，勢如破竹由鄭州南下直至福州，戰無不勝。這就是國家存亡，知識青年應召入伍：一寸河山一寸血，十萬青年十萬軍的關頭。國勢之惡劣該是達到了頂點。當然今日回顧之明，才鬆了口氣，原來不到八個月後，三城相繼收復。不到一年，日本投降。此是後事。

在節節勝利的當時，日軍似乎無孔不達。該是就在這一時段之中，連我們避居的小而又復更小的僻壤，他們都沒有放過。風聲鶴唳，先行陷敵的油蔴、大地等鄰村，消息傳來，婦女被姦，男人有遭槍殺、有被斬首，多人被拉夫（戰時強迫人民到軍中充當夫役），民眾於是紛紛上山躲藏。我們兩家亦隨眾由小小的張家村拔腳亡命到了另一個更為偏僻的角落。

姐記得，我們跋涉到了另村的一間大屋，裡面已經塞滿了亡命的人家。各家各鋪一蓆的打著沙丁地鋪。屋中人群，連我們、一共三家基督徒，因相識而擠在一起。不清楚是甚麼緣故，大伙擔心爸是招險的目標，為大家安全，讓爸離群獨自爬上村山，躲到嶺上林中去了。

逃命大屋裡，難民驚魂還未定，日軍卻已接踵而至。四、五士兵，佩著長劍長槍，闖進門來，打著明亮的電筒照射巡查。探照之下，有女兒的人家尤其心驚膽跳，因為日軍的聲響，有耳共聞、有膽共破。我家年輕女子本已三個，加上升中之後，正在慶幸突然長高了的大姐，唯恐「一目四的」。大家急速胡亂作鴕鳥藏，三家人同時切切的禱告。

日軍繼續的巡查照射，兇神定睛，似乎在找甚麼，卻沒有平常抓花姑娘的那種嘴臉（這是大家馬後之見），現場的當時，婦女無不驚膽快破。快到尾聲，幾個惡人忽地嗨嗨的商量了幾聲甚麼，然後目不斜視便越過了瑟縮在最後角落的我們幾家人家。

日人離去後，等待「山中之人」重新出現，變成了我家另一種挨秒如年。舉屋歡騰的時候，唯我們仍舊惴惴，七上八下。直到傍晚，爸才終於出現，一見全家不缺一人，彼此喜極而泣。

原來爸在山石巖中，亦被日軍軍犬嗅出來了。

日人厲聲叱問，在此幹甚嗎？萬幸上空有飛機正在盤旋。爸忙說，躲飛機！日軍說，是你們的盟機，還躲甚麼？爸說，盟機是盲的，怎麼知道誰是誰？日軍似覺這膽小鬼也不無道理，槍子輕蔑的往他心口一搗，引擎也不屑一拉，轉身便離去了。

我們躲日本兵的大屋，村子叫甚麼名字？同我們一同躲到大屋中的第三家信徒是誰？我問。姐說記不清楚。她想，那些日子我們就只認得請我們到他們家村去過聖誕的這一人家。這家人在桂平市經營鞋店時，大家在教會認識的。後來撤離時，我們落腳羅旺寨，他們則回牛排嶺家鄉。姐想，大屋應就是在他們的村子，不然我們兩家外人怎有門路，怎可能被接納？

劫後餘生回到羅旺寨之後，作息重上常軌。我和妹繼續追蹤課本中孫大年的行徑。姐們繼續跟晚叔補習。算來如此又過了幾個月。有一天，姐正上代數課時，忽然傳來勝利的消息。如上已提，一同上補習的空軍兒子、我們的小胖叔馬上跳起來，立正、跟晚叔老師見個禮，扔掉了他的代數，隨即起行，隻身走回桂平去了。

行近了天堂

其他拖家帶眷的人家亦隨後蹣跚回到桂平。我們一家又重新回營至耀心盲人院的半層樓房上。

好比隔世之後，我們又步步行近了天堂。盲人院是回老家最後的一個驛站了。

此時說得快，那時慢。桂平的外地難民如我們者，家家戶戶，初時扶老攜幼，帶著多多少少總有一點的盤纏上路，今日揮一揮袖，連個塵土都再也抖不出來了。

為籌還鄉旅費，難民人家，男女老幼一時全民設法生財，全民皆商。外省人的所謂故衣攤，如雨後春筍，滿地皆是。

莎翁云，有些人生來就是偉大，有些人的偉大是時勢硬塞給他的。這正好是楊師奶和我們媽的對比。我們男女宿舍兩家的媽，都可說是姿采活潑的人物，但楊師奶能文能武；我們媽，不敢說。

楊師奶能彈能唱又能捉魚，此外還會造鞋。她有一套鞋匠工具。一塊牛皮，經她切切割割，敲敲打打，就會變出一雙一雙小童鞋，鞋頭還打有洞花，非常可愛。

我們媽能彈能唱，無零（此外無他之意）。不錯，我們有個四姨，針線手藝亦不凡；但無布、無衣機，不能作無米之炊。這些年來，總之窮則變，通不通，反正勉強學會了當地人的一門手藝，就是將破衣破布層層疊疊，針針縫縫變成鞋底，然後加上布面。直到還鄉上學之初，我和妹都還穿著這種布鞋。

我們踩鞦韆，雙腳一撐，鞋底外露的時候，家鄉的同學都在下面嘖嘖的觀看新奇。我家破布都讓我倆穿掉了，並無剩餘，即使有，我們的布鞋也是非買品，因為布鞋本來就是當地人的日常手藝，四姨也比不過他們。

有貨源、無貨源，攤照樣非擺不可。媽的地攤，幾乎就全靠我們皮箱底的存貨。除了洋杯、洋碟這些正式的大人餐具，還有印著雪姑和七友（白雪公主與七個小矮人）的小鐵杯鐵碟、家家酒玩具一大套，一個能眨眼又會吹肥皂泡泡的洋娃娃，和幾個七彩印花油布布娃，連同我們的聖誕衣，全部是香港時代，大姨由美國寄回的。

歷年來，這一切奢侈，我們只准遠觀而不得褻玩，所以幾乎還是全新。皮箱底貨外，又加上像其他千攤一律的大人「故衣」，但凡還有一點剩餘價值的衣著，一律成了我們的「希」賣品。一件小藍格子的襯衫，是媽最捨不得的至愛，也拿出來了。五光十色的也熱熱鬧鬧的擺滿了一攤。

那些洋杯洋碟洋娃洋衣甚受歡迎，很快便被當地人收買一空。大人的衣服，因為攤攤都差不多，行情並不怎麼好。媽的寶貝襯衫，情所獨鍾，或者要價太高，三天都沒賣出，害得媽七上八下，喜、氣交加。到第四天，襯衫索性失了蹤，更叫心痛。

沒料一兩天之後，忽然看見一個中年男子，招搖於市，外衣下面的襯衫領子，精心的挖出來、展覽於外衣上面，公雞一般的神氣。媽一看，正是自己襯衫的領子，幾乎衝口喊賊。

一思可能招致的結局，趕緊摀著嘴巴吞了下去。最難捱的是，這傢伙還蹲下來慢慢的挑看媽的攤貨。媽死盯著他，而此人卻居然毫無心虛愧色。

無恥！媽說。

回家後大家分析：心不虛，面不愧，而且神氣。或者真的不是他偷的，或者是別人賣給他的？或者是兒子偷來孝敬他的？

媽擺攤，也逛攤。每天收擋（工作結束）回家時，有賣出也有買入，正負抵銷差不多。地攤除了像我們這種外省人，變賣故舊之外，亦有另類攤擋，在賣美軍剩餘物資。

就這樣，繼柳州「你好香」的烤乳豬之後，我們嚐到了生平第二樣美味——草綠色的軍用小罐頭，打開來是黃黃紅紅的磨成一片三文魚（鮭魚）顏色，名叫

「火腿蛋」的東西。

逛火腿蛋地攤，媽個人撿到的最大寶貝，是一本五線譜二手歌集，英文民歌，流行歌，聖詩，甚麼都有。媽急不及待的馬上便選出幾首，徒口即席就教我們唱。當時所學，我們如今只能湊回零星幾句：「有一隻手／向我們伸出／領我們走過人生崎嶇路／那一隻手／就是我主慈愛的手。」來美後亦不曾再聽聞過此歌，網上亦找不到。

擺攤之外，難民人家還找到另一生財活計。龍眼是桂平的名產。條件原始、交通不便的當年，外銷的龍眼必須先變成輕便又可以保鮮的果肉。龍眼由鮮果曬成乾果，由帶皮乾果變成淨肉，全靠人工。

最後的一步正是老少咸宜的家庭工業，只要有手，誰都能做。媽媽擺攤，我和妹自然放假，那是勝利後我倆的第一大喜。第二大喜，就是跟著全家剝龍眼。回鄉旅費，擺地攤、剝龍眼到底只是杯水車薪，不過是聊勝於無。迅速具體真能生財之計不可不想。家主們便都絞盡腦汁，八仙過海，各出神通。

爸的神通來自一溜諺語。

爸素來喜愛中國的諺言、順口溜之類的民間成語，不止認為句句珠璣，更是嗜其音韻頓挫，和句尾盡在無形中的嘆號效應。比喻如果我們小孩子，偶然說了句莫名其妙的巧話，對甚麼事剛好歪打個正著，爸超欣賞，就曾讚嘆的溜出一句：「橫拳打死老師傅！」其他一般的成語例如「人不可貌相」，特級諺語例如「眼帶紅筋三角眼」，反反正正盾盾矛矛，爸都消化如儀，各按其時應用得上。

而自我們在柳州建「伊甸園」之始，爸就溜上了一句：「生在蘇州，食在廣州，死在柳州！」蘇州美人多，柳州木頭靚！戰後的桂平，滿目瘡痍百廢待修，需用大量的木材。柳州木頭自然馬上來潮，爸二話不說，隨即攜同我們的能幹僕人回柳州去，企圖辦木材押運來桂平出賣。

爸因為成語豐富，事前事後、馬前馬後，往往都有成語砲可發。相形之下，媽比較嗜好急口令、饒舌類的玩意，卻沒甚麼諺語能以出口成文。常用的卻有一句：「一部通書瞧到老！」就是食古不化，死不肯變通之意。媽的一砲，大多發自馬後。例如誰人闖了某種禍，剛好應用得上，媽就說：「一部通書瞧到老！」面上帶著先知預言應驗的神氣，言下就是「我早就知道。」

很長很長的夜

沒料爸這一次柳州木頭之行，媽撿到了她的第二句成語，而無意先知不是她，莫名其妙中之莫妙奇妙，無意先知竟然是我。

那戰亂年代，信件往來即使不失，亦不知何日才到。桂柳相隔本不遠，爸此次柳州之行，寫信更是多餘。但時間一天一天的過去，算來似乎足夠旅人來回好幾次了，仍然人、信兩渺。

兩地雖近，但往來的民船，船工就水勢時而搖櫓，時而又得上岸赤膊拔河般、邊唱邊嚷的苦拉；之外，沿途又還可能有土匪，變數很不少。日子耽延，大人越來越心虛，不斷往好處猜測、自我安慰、自我壯膽。

有一天，又如此這般的猜測著，正在旁邊玩耍的我，忽然舉頭賣弄見地道：「或者沈船……」卻是人生甚麼無限小之又小的機率，竟讓我莫名其妙的橫拳一拳打中了。姐說，人沒有死。這我也知道。木材呢？後來怎樣？我問。姐也不知道。或者蝕了大本，她說。

沈的是載人的搖撸民船，木材卻是一排一排的浮水而來，應該不會沈的吧？

我說，總之，後來我們不就全家坐船回老家去了嗎？照計不可能是龍眼肉剝出來的吧？

自此一次童言大吉之後，直到如今，我嘴巴一癢，正要賣弄橫拳的時候，媽的第二句成語，就會馬上在耳邊跳出：「這個人啊！從小無一句好話！」於是骨碌將橫拳吞了回去，所以一生消化不良。

還鄉後，最大的事件就是考入學試。

媽牽著我和妹去見老師。

老師問，報考幾年級？

媽說：我也不知道。接著，頭向左、向右，向著一邊黏一個的我倆，各點了一下，說道，這個讀到第幾冊，那個讀到第幾冊。

五年級、三年級？老師一副是不搞錯了的表情，來回端詳著兩個小身影，由腳上的土布鞋，到我們短髮覆額齊耳的BB頭。

媽說：「能不能讓她們試一試？」

此後一生不下數百次的考試我均無記憶，唯這第一次入學試裡的兩題，永誌不忘。一題是舉出一個名作家。我答：凌子鎏。凌伯伯是爸的肝膽同學，日後知名於教育界，但那時候的確只是我唯一知道的作家。凌伯出版了一本書，叫做《常見的錯字》。《常見的錯字》和一本《柳公權碑帖》是我家的家傳課本，由大輪到小，剛輪到我。

媽得知我這回答後，有點猶疑。爸卻說：「好！橫拳打死老師傅！人仔細細，居然一筆一畫寫得出凌和鎏兩個那麼深的字，老師不嚇一跳才怪！」

另一題是解釋「漫漫長夜」。

我答：「很長很長的夜。」

逃難歲月結束。今日數算起來才發覺，原來我家的團圓日子，亦是到此為止。只此，無再。另一個長夜也正埋伏在後頭。

附記：

擱筆時我在家信中向姐妹們宣布：我們避難的小鄉小鎮，猜是甚麼地方？任你們怎猜，擔保都猜不到！於是將自己數月來的追尋結果出列，給她們來個橫拳的驚奇：

羅旺寨——我們寄住村人學堂屋之所在，其詳細的地理定位是廣西桂平、金田鎮、新旺村、羅旺寨。

牛排嶺——我們被邀過聖誕和最後避難、遇上日軍之處，是犀牛嶺上之一嶺。而犀牛嶺位於桂平、金田鎮、金田村，以易守難攻見著，就是百年前太平天國誓師起義址。楊秀清、韋昌輝、石達開等十七個太平天國的將領，全是桂平人。

還有，像國父搞革命一樣，版史記載，《常見的錯字》暢行凡四十年，共出了十三版。大姐，我說，你的白字最少，要多謝凌伯。我們越小的白字越多，因為《常見的錯字》沒讀好。

・雲山漸遠

話已說過，舊日廣州，連渡船公車都不多，所謂同城意義不大，隔校隔區隔河如隔山，孺子上學，動輒唯有住校一途。住讀學校，有的連幼稚園，甚至托兒所都有寄宿生。事實上當時連老師都是一家一家的住校。

那時代，省港澳優秀的中小學很多是教會學校。一般正校設在廣州，然後港澳、甚至東南亞華僑聚居之地、間中亦有分校。而各校、尤其女校校長，彷彿清一色都是嶺南大學出身，然後留美，學成歸來後獻身教育，就像我家姨媽。

就是說，有可能選擇的學校不少，至於終於入讀了何校，俗說就是要看緣分了。比喻說，難得隔鄰便是一間好學校，得來全不費功夫，自無須老遠跑去住讀了。就這樣，嶺南大學附小就註定了是我和妹的啟蒙母校。

望海的碼頭

「大海展目前回頭望雲山漸遠，」這是嶺南畢業歌頭一句。

嶺南校園大，我家雖與之毗連，但我和妹每天背著書包，妹加提著我的算盤，還得行經不少農學院的實驗田地、牧場。有時還有牛正橫在路邊吃著自助餐，比我勇敢的妹便輕輕的搖響我的算盤，請求牲畜讓路。

牧場之後，穿過運動場，再經好些大中學部的宿宅校舍，才能到達小學部。不但如此，珠江流經校園。北門的確還有一個望「海」的碼頭。據爸說，國父曾來校演講，就在此處上岸。這一個碼頭，也是我生平第一個大場面的場景。

有一天，全校，由大學直至小學，忽然不須上課。我班喜極，等候著行將降臨的熱鬧。準備時刻，老師發給每人一條黑紗布，讓我們別在手臂上，就像戴孝的一樣。之後，吹哨讓我們列隊，一絲不苟的向右看齊，然後起步走，向碼頭出操。

臨近碼頭，但見路旁樹上，也都掛了同我們臂上一式的黑紗帶，莊嚴陰森得令人窒息。到了碼頭，我們同大學部、中學部並列，夾道肅立，十分的威風。我班而且站在前頭，我們該是有份參禮的最低年級。

不久，一艘停泊好了的小船，緩緩吐出了一口棺材。我們前排對號的人物，睜大了眼睛，毛管半豎，興奮無比。棺木隊伍在我們注目禮中慢步而過，徐徐向校園中心進發。可惜當時被興奮、加自己的悲壯陶醉過度，無暇兼顧周圍，所以是何款棺木，沒有印象；何款人物伴扶著，既沒有一個認識的人，更加視若無睹。

總之，生逢其代，學逢其時，宅逢其鄰，糊里糊塗的便參加了這一空前大典。

又因這是唯一不需喊口號的一次大典，如此，也是絕後。

這是嶺南大學第一位華人校長鍾榮光的迎葬儀式。鍾榮光，戰時病逝香港，暫寄薄扶林（**Pok Fu Lam**）道義莊，等待戰後回歸，永久安葬於校園禮拜堂對面懷士園旗杆之下，與第一位華人牧師梁發之墓並列。

可曾預料，沒個幾年後，經風一吹，嶺南便歸無有，校長盡瘁至死的原處也不再認識他。文革浩劫後，連遺骸和墓碑亦不知所終。

這是後話。暫且回歸當時。

話說嶺南，解決了我和妹的就學問題。姐們的去處則緣於爸的又兩位大學同班同學夫婦倆。他們家的女兒與我姐同齡，兩家孟父孟母互商互量，彼此推波助瀾，結果就都不辭勞苦，又車又舟的將女兒送到最遠的女中寄宿去了。

人生又一次曾幾何時，沒多久後，這位伯母出差香港，乘「和平輪」，船才開離廣州不過一小時，便觸水雷而沈沒。這是爸的一班，抗戰勝利還鄉後，繼班社團圓大慶、喜極之後的大悲。

國共行將交替、風雨交加之年，先是由上海開往基隆的「太平輪」，於舟山與另輪相撞而沈沒，死難達千人之譜。極少數的倖存者，是獲救於澳洲軍艦以及舟山漁民。

繼「太平輪」之沒，「和平輪」接著在廣州遇難。雙重悲劇，前後相隔僅兩個月。換言之，這兩宗船難，雙雙同屆甲子週年。「太平輪」遇難六十年，紀念活動在台盛極一時。被救生還，尚在人間的老人，娓娓道出了不少銘感於心的回憶。關於「太平輪」沈船之因，更是眾議紛云，發揮得十分自由熱鬧。

相迎之下，「和平輪」遇難之事，今日中文網上似乎保持緘默，災不便經傳。網上不少文字提到的所謂「和平輪」，細看其實是「太平輪」之筆誤。這兩件船難史事的回憶與失憶，實在是一個極佳的論文題目。

「和平輪」遇難，今日官方歸罪海盜，草草了之。而當日的「倫敦時報」以及「雪梨早報」則有如此之報導：

港英民船「和平輪」，由廣州開往香港，離穗（廣州市的別稱）六里處，觸水雷沈沒。初步統計，死難百多人。船沈時刻，遇難者在水中浮沈呼救，附近艇家們揚聲呼喊：「不要怕！不要怕！」卻不施救，只忙著打撈船上飄出的物件。船沈之當時，前後復有三艘船經過，亦視若無睹，佯作不見。事後答問，說是因為害怕海盜云云。

據港英警方推斷：水雷的目標其實是另一港輪「佛山號」，因有宋子文在船。宋正在前往廣州會見另一位政要人物孫科。時間差錯了一點，白狗擋了災。

抗戰勝利和平才幾年？短短兩個月內先後遇難的兩船，一隻叫「太平」，一隻叫「和平」。誠然。希望與奢望的循環不就是歷史？

可是歷史是鏡景，血肉是現實。伯母遇難後，爸僱了隻艇家船，幫忙同學去打撈妻子的屍首。姐只記得喪家的傷慟，並不清楚屍身後來撈到沒有。我想，日後回顧之時，傷心人曾否想到過，生榮死哀的鍾校長，得以回歸「地美人娛，乃祖所賜」之校園，原來不一定就是「安葬」。而海底長眠的伯母，無驚無擾於行將降臨人間的滅頂波濤，也未必不是福。

松鼠拱手對窩

但是再想下去，所謂好活、好死、好葬，是甚麼定義？是誰的衡量？聽聞今日有人發起（又或者已經成事？）要為鍾校長在原處重新立碑，以茲記念他對中西文化交流的貢獻云云。

「物極則反，」這是國語。「我們沒有永遠的朋友，也沒有永遠的敵人，只有永遠的利益，」這是英語。這除了證明中外名言，人情世情同樣練達，同樣管用之外，意義大不大？鍾校長的一生會不會因紅衛兵的糟蹋、或是可能重拾的禮遇，而貶值或增值？

近年因為不時省墓的緣故，發現了一個意外趣味的消遣。每一兩個月，墳場就會冒出不少的新墓。新大陸人口日增，新陳與待謝遲早必定相等，乃是必然之理，不奇。但是我們這個小城的墳場，不只是日益繁榮，而且簡直就是美國近年人口種族成份趨勢的實地示範。

十年前，當我們「入伍」的時候，墓碑不論名字和格式，幾乎還都是美國傳統。像我們碑上有中文名字的寥寥無幾。不久，我們左鄰右里多了幾個同胞，恰巧據各都有十架為記，證明雖不認識，卻都是同道。

隨後，各國各族便都迅速陸續的報到了。十架記號也逐漸被各形各式的記號和文字所取代，成了一個巴別塔塔民的大展。

最近更出現了一個特別奇怪的新墓。墓碑的設計極費用心。死者名下刻著幾個字：「活得好，死得好。」碑座左邊的設計是一隻半尺高的松鼠，水泥雕塑，還連著窩。松鼠企身，拱手對窩。鼠窩外型仍是寫實的枝葉，但內部則是圓形平底的一隻杯套，裡面果然整齊俐落的套著一瓶完整的名牌啤酒。

活好、死好的字句，語雖出自古聖名言，但名言加松鼠、加啤酒，就難以想像這是認真，倒像是一個內部的笑話。現代大學城，如此產物也不難想像。心想，若然這確是一個笑話，那麼這人家應是屬於伊比鳩魯的人生哲學派吧？同死開玩笑，倒是墳場又一新景。

「死有輕於鴻毛、有重於泰山，」云云。「重於泰山，」這很中國，起碼我代所受的是如此嚴肅的教育。但到底甚麼算是輕？甚麼算是重？是按誰的天平？那一時代的標準？

這倒讓我想起第一世紀，保羅在雅典城，同本地人辯論得十分熱鬧的希臘哲學兩大名派，其中一派就是伊比鳩魯派，另一派是斯多亞派——希臘人生哲學的兩極，享樂派和苦行派。

希臘古文化的中心雅典，諸子百家、百花齊放，上至宇宙奧秘、人生哲理，下至街頭巷尾張三李四的傳聞，清談之風，「博客」之風，盛極一時。使徒行傳作者路加，如此形容當日的市井人士：「雅典人和住在那裡的客人，都不顧別的事，只將新聞說說聽聽」。

是日市井新聞之一，就是有個外來客（保羅），帶來一派奇怪的新理論，逢人就講，碰到名士大師亦逐一同他們展開辯論。這派新理論到底是甚麼一回事，不無好奇，於是便歡迎保羅就地給他們上一堂大課。

精通希臘學問的保羅，先是綜覽了一下希臘詩哲對宇宙人生種種的可知、和不可知的猜測，然後將這一切智者的目光，由人本的視線，轉移到神本的視野去。保羅說，「創造宇宙和其中萬物的上帝將生命、氣息、萬物賜給萬人，並且預先定準他們的年限、和所住的疆界，要叫他們尋求、揣摩。」

原名掃羅的保羅自己，才沒多久之前，曾突然奇遇大光，接著是天上而來的質問：「掃羅，掃羅，你為甚麼逼迫我？」他舉著被大光照瞎了的雙眼，反問道：「你是誰？……我當做甚麼？」從今以後，這兩件事似乎就成了保羅自己一生的尋求和揣摩。鍾校長，在為他定準的疆界和年限裡，他所尋求和揣摩的找到了沒有？盡瘁了沒有？那不就是他的衡量，與世潮起落何干？

古希臘的哲學與文學盡人皆知，但他們對數學（尤其對幾何方面的貢獻）雖亦卓然有功，卻較少被人提及。關於古希臘的數學，一件趣事：古時候，希臘沒有零、也沒有無限大的觀念。「無限大」，當日是同「混亂」共用一字。

在沈思中我彷彿有所領悟，在為我所定準的疆界和年限裡，派給我的作業又是甚麼呢？是不就是要我尋求揣摩，學習分辨甚麼是「零」？甚麼是「混亂」，甚麼是「無限大」？

那來一架鋼琴？

無論如何，在我的年限和疆界裡，就有著那麼一天：我和姐在巴士上，由廣州河北飛車回老家河南，車一越過了海珠橋，震天一聲巨響，回頭一望，橋已腰斬，跪進海裡去了。

物極則反。這次不是解放軍的水雷。這次是國軍禮成鳴炮。那一天，我們的司機是我們鋼琴老師的弟弟。他們家的小妹是姐的同班好友。

那是廣州解放指時可待之同日。這一天，經營巴士公司的她家大哥，忽駕車出現城西、到我們住讀的學校，要把他妹和我們二人一同接回河南的家。他將我們三人趕上車時，我們還全不明就裡好歹，還以為好玩。

他妹和我姐還拉了另一好友一同上車。因為平常大伙例假回家，有時心血來潮，也邀好朋友一同回家玩去的。結果這一回不是玩，不是到農學院果田裡偷吃，而是擠到嶺南黑石屋（Black Stone House）去，躲過了這新舊交替真空之夜。萬一發生動亂，起碼還有校警。

此時，姐已不在原先的學校，而我亦不再在嶺小，已跟姐一同到城西住讀去了。姐的原校，爸媽後來覺得太遙遠，但主要還是因為我們的鋼琴老師遷職，由前校轉教至後校，我們便全都跟去了。

今日我們姐妹談起這一切舊事，發現我家自戰後還鄉，以至隨後的再度流離、這一段歲月，我們生命軌跡的連線，除仍遠溯於外婆之外，到此復多了另一根線索。鋼琴。

因著外婆開始的信仰，我家不論遷徙至何方，一直與教會生活相連。抗日逃難，因緣際會，在內地教會中認識多位本來不曾碰過面的同鄉，有的回老家後繼續來往。好些數年之後，第二次逃難，各自淪落到港澳，又在教會中重逢。

而苟安老家的幾年裡，對街由上海遷來了一家新鄰居繆家，見面之後，主日復又在教會中相遇，一見如故。這家伯伯、伯母尤其成了父母親一生的摯友。這些朋友無一不成為我家日後的恩源。

說到琴的連線，嚴格來說，實則仍是教會的支線而已。

避居於桂平盲人院時，給我們橄欖吃的難友，趙師母、趙柳塘牧師一家，還鄉之後，同住一區。因趙家之誼，認識了我們第一位鋼琴老師。

老師父家亦是嶺南人，亦住大學附近，但女兒（我們的老師）卻就教於姐們住讀的、隔涉偏遠的女校。老師個人的舟車勞頓、往來奔波，卻成全了我們家的恰到好處。老師在校之日，就教我姐，回家之時，就教我和妹。

舊事追憶至此，我忽然好奇，問姐：我們那來一架鋼琴？

姐說，我們一回老家，日治劫後的家屋，滿目瘡痍，還來不及清理修補，爸第一件事便是先弄來了一架鋼琴。「弄來」，因為姐也不大清楚，到底那是不就是媽戰前原來的鋼琴，戰時被日人遷移，後來認領回來的，還是另置的？總之，就這樣，老家還未及收拾，我們連正式學校都還未來得及去上，就先開始了叮噹。

爸一向是個熱情衝動的人物，是舊時代的典型新青年。學生時代，初生之犢，回鄉見父老時，便鬧事提倡男女平等，要求去除鄉間封建陋習，諸如族人添丁，祠堂馬上送去一大塊豬肉，表示舉族同慶，生女兒則不聞不問等等。

我們姐妹後來不時取笑爸：我們出世後，爸，你就不便再提倡分豬肉啦！爸說：我家女兒除外！誰要他們那塊豬肉！

總之，爸就是這樣一個衝動的人物：愛抱不平、愛國、愛校、愛家，愛誦唐詩、愛聽彈琴、愛聽全家唱歌、愛修理建築、愛種花。一心一德。

所以還鄉之後，一鼓作氣，將我們琴棋書畫分別打發妥當之後，爸的第二件大事就是裝修家宅。逃難期間的竹織批盪「伊甸園」，爸尚且興奮了一陣，這終於不是阿Q，是真屋真幹，自是更加起勁。

淪陷時期，屋子被日本人用作傷兵護養院，園子用煤渣鋪成了停車場。第一天到家，我和妹生平不曾遇見過那麼一間不見人煙的空房子。我們兩小遊走其間，房間到房間，空空曠曠，半破半爛，間間門上都漆著不認識的日本字，樓下到樓上到處都差不多，走得兩走便迷了方向，找不到回頭路，就像掉失在防空洞裡不見了大人一般的恐怖，急得哭起來。

爸極是得意，笑我們是鄉巴佬出城，宣稱這是甚麼、甚麼西班牙式的房子。是甚麼？不清楚。總之，爸裝修這老家如魚得水，名堂越來越多也越起勁。房子裝修到七七八八之後，便輪到清理院子，要將院子還原成花草樹木鳥語花香的園地。

想來裝修老家的這段日子，爸爸夢裡不知身是客，度過了他一生可一、而永不再的最樂時光。就這樣，當時局開始變化，友好三三兩兩，包括了我們對面的好鄰舍繆家，已經陸續遷移到港澳的時候，爸仍興高采烈的忙著種花，且又給種菜樂於種花的媽平等待遇，為她闢了個小菜園。

菜園不大，但種種類類，連花生都有幾行，還僱了個壯丁來幫忙耕田。爸日日栽花，媽日日割菜、屏息等候花生出土，日日左鄰右里的去分她的莊稼。

如今回想起來，還我河山之後，爸該不是聽信了我的愛國感召吧？我上學之後，回到家裡最愛背溜的幾句書句就是：「四海之內，皆兄弟也。是的，不論你姓張姓黃姓李姓趙，咱們都是中國人，中國就是咱們四萬萬人的家。」

爸聽了定是額手稱是，便是十分放心的預備過歌舞昇平、高糧肥啊大豆香的日子。因為爸若理智、若會分析打算，我們是完全不應有琴不應學琴，不應食好住好、琴棋書畫的享受著奢侈教育，更無理由心花、園花、菜花全部怒放。

如今回想起來，真叫人捏一把汗。我們的家財，分明到此差不多殆盡的時候，爸才突然醒悟，他並不姓張，亦不姓黃、姓李、或姓趙，而是一個化外胡人，是屬於生擒活捉的夷類。打撈同學屍身之後，越來越心虛，終於在雞叫之前奔命，一覺醒來，已置身在四海之外，四姨小小的家室裡了。

爸的失算，今日靜而思之，是誰「引瞎子行不認識的路」？

家散之後，各自亡命，塊肉餘生，最後所剩，僅餘女兒手上的琴音。

附記：

還鄉後區區幾年間，戰時團圓、共進共退的一家九口，先是四姨和兩位女工人，各自成家先後離去。到最後，家宅核心僅餘媽、妹兩口。不久，二人亦尾隨爸而去。四海之內還剩三人。此時，大姐已升學至北京燕京大學。老家住進了解放軍同志之後，剩下的二人便以校為家。這段年日和疆界，痕留於《亭園紅》。

雨打芭蕉

老同學玲玲來訪，時值我家遭小偷光顧後不久。

敵攻我退，將敗就敗，劫後順便舉行家產大掃除。在清除大批老樂譜時，撿出了一首不能扔的、隨手擱在琴上，一擱便是好幾個月、還沒歸檔。

原因是，此曲在我心目是成雙的，我得找出它的對偶，同歸一處，才算完工。然而尋遍全屋，三翻四次，仍無所獲。敢情必是在劫後一失一得之間，經已淪為賊家、或是警局的垃圾了。

琴上殘存的一曲是〈雙飛蝴蝶〉，失去了的是〈雨打芭蕉〉。

一見〈雙飛蝴蝶〉封面上的洋面孔，玲玲便說：「啊！那不是夏理柯嗎？」

「正是，」我說。

夏理柯（Harry Ore）的半身照。六乘四，燕服衣領，表情眼神—時至今日見識多了，認定是來自東歐，幾分異鄉異客的緊張和拘謹。

後來我有一次偶然看見另一個與教授差不多同代的他的同胞、一位歷史人物的照片，二人的虎紋都顯著，那名人只要把鬍子剃掉，簡直就是教授的那副表情。那人物就是蘇聯革命元老、後來被史達林刺殺的托洛茨基。香港大眾都知道夏理柯，這個伶仃孤獨的老琴師是俄國人，其他就不清楚了。

其實我並不認識〈雙飛蝴蝶〉照片上的中年人。我們受教的時候，教授已是稍微駝背、白髮蒼蒼的老人了。有一回，有人送我們一盒名貴蛋糕。爸說，不要吃，叫一部計程車，你們送去孝敬老師。

老人得到蛋糕，高興得不得了。就有那麼巧的，那正是他七十歲生日。而提起老教授、提起〈雙飛蝴蝶〉呢，又不由我不破思為笑，想起了180度的另一幕。

「記不記得我們的時裝表演？」我問玲玲。

話長一

說來實在話長。

半個世紀之前，我和玲倆是我們學校裡以稀為貴的動物。那時代，國際學生不多，有時有節需要出席，人人——起碼我們中、日、韓、越的亞裔同學，均穿國服，鄭重其事的代表著自己的國家。國際學生之夜，有技無技亦必須窮技，搬出一些「國粹」，展諸於世。

我校華人，除了我和玲玲兩個港來學生外，還有兩個華裔土生ABC。其中一個來自夏威夷，腰肢健美而膚黑，是個典型的熱帶美人，且是土風舞能手。我們請她快想辦法，替我們編出幾步可以上台敷衍敷衍的國風舉動，唯一條件是不要扭肚皮。一則那動作太難，二則因為我們是淑女，三則不止我們不扭，連她也不可扭，因為這一次她是代表祖宗，不是代表夏威夷。一扭，尤其是像她扭得如此迷人的，人家一看就知道是夏威夷冒牌。

那時我來美才一、兩個月，遵家囑要給幾位長者報安問候。其中之一是鋼琴老師。最近整理舊信的時候，翻到了兩封老師的回信。

其一云，我形容我們跟夏威夷同學努力學跳冒牌舞的模樣，很好笑。今日我和玲玲都記不得我們是怎的舞法了。總之，最後，如此這般、舉手投足、摩天摩地的搞了幾日，我們終有足夠的廉恥，做了一個斬釘截鐵的決定：與其都是獻醜，不如獻得貨真價實、總勝冒牌一籌，於是改跳舞為「時裝表演」。

不錯，玲玲的確有兩件十分講究的湘繡、落地旗袍，我的只是一般花樣、日常長度，兩個ABC卻一無所有。換言之，即使全部出齊，仍成不了氣候。虧得玲玲腦筋靈活又交遊廣博，隨即打了幾通電話，果然讓她撿到了一通路透消息：波士頓唐人街有位某人，剛回鄉娶親歸來。

總而言之，最後，那家人家的新娘子，願意將幾件嫁衣嫁裝借給我們救急。

這一下子，繽紛就馬上大增。

鄉下衣裝，不作興城裡長及小腿的旗袍，而是分上分下。由密繡金、紅、頗有斤兩的禮服，到又輕又軟、萬壽菊花掩影的敬酒絲裝，都是衣、褲，或是衣、裙的上下成套。旗袍，兩位ABC也穿不慣，說是穿了不會走路。套裝，穿在她們身上，自然又稱身。絲質的，更道是像穿睡衣一般的舒服。

問題又來了，我們一共仍舊就那麼幾件「時裝」，不能上落得太快，每人在台上必須行來扭去一兩回合，才換第二人上台。得想個辦法出點聲音，配合台上流連．兼後台換裝的時間。那時代，沒有甚麼CD之類的東西，結果配音的任務就落到我身上。我被派去找、去彈一些國色的曲調。

想必我也將這一切發展，陸續報告夏理柯教授了，也許還表示了樂曲不好找，或是直接有求於他，因為他第二封信上告知：另郵已給我寄來了兩首粵曲的鋼琴變奏。

玲玲是我們的導演。上台之日，她將自己和兩個ABC，雲鬟花顏、分別打扮，一個拖一隻貴婦髻，一個束丫鬟頭。金紅嫁衣最合身的是最小的麗斯。麗斯短髮，弄不出甚麼花樣，於是耳鬢上給別上一朵大紅花，與嫁衣甚為相應，真的是馬上上得花轎的模樣。嫁衣是高潮，所以麗斯壓軸。彈琴的人，坐在台下，穿旗袍之外，准予原形出現。

就這樣，大家在我的〈雙飛蝴蝶〉和〈雨打芭蕉〉循環不息之下，捏著金步搖來搖去，搖上搖落，不曾辱國，竟然還獲好評。

「你知道嗎？」玲說：「麗斯最近才退休呢，環遊世界去了！」

我聽了如夢驚醒，一時不知身在何處。麗斯後來學醫、當了小兒科醫生，我是有所聞的，但我記憶中的麗斯，永遠只是身穿嫁衣頭戴紅花的小新娘，怎麼忽然就退起休來了？

「這首〈雙飛蝴蝶〉能不能替我影印一份？」玲問：「我想寄給我妹，她收到一定很高興。」

玲的妹也是夏理柯的學生。夏理柯這位沙俄末代聖彼得堡音樂院出身的琴師，收費之昂是港澳之冠。彼是學生，理所當然。不只是學生，而且是上門學生，不止是上門，而且是私家汽車接到維多利亞半山豪宅去授課的上門。

玲家是香港著名的富戶，其妹是學生。彼是學生，理所當然；而此也是學生，這卻是從何而來？那是我家的甚麼時代？

話長二

又是一個說來話長了。

當初使用兩首粵曲的時候，因為不是自己所熟識的領域，得費點功夫才能入耳上手；但說陌生嗎，卻又似曾相逢。那年代，大陸難民同仁蜂擁到港澳，層層疊疊的家家戶戶，蜂巢嗡嗡、此起而彼不落，人人像是都靠收聽「麗的呼聲」撐日子。

街頭巷尾，縈耳之音，彷彿都與〈雙飛蝴蝶〉、〈雨打芭蕉〉同情同調。下意識裡那是一個不欲流連、不想回味的日子。兩首粵曲，彈以致用，交差完畢便置高閣。

直到今日，去國已近一生，對遠去的舊日鄉土風情、轉了視野。尤其在失去了〈雨打芭蕉〉的此刻，倒好奇起來。

先是因為上文打至「芭」字的時候，選詞中竟然沒彈出我認為「必有」的「蕉」字，甚為納悶。

芭蕉樹，花蕊像朵合拾的大蓮花，中莖粗壯，撐著幅幅大葉子——連鐵扇公主不是都有把芭蕉扇嗎?芭蕉樹，任誰都見慣，本人就自小見慣，並不難想像雨打芭蕉葉，那落魄淒戚百無聊賴的聲音。如此常見之樹，上不了榜，甚是納悶。心想，這位中文輸入軟體大師，到底來自何方?退一步又不免擔心起來，莫非我的「芭」字是個白字?於是又不能不確定一下才能放心了。

上網這玩意好比吃鹹脆花生，一吃便是一粒接一粒，欲罷不能。「芭」同「蕉」在網上果然攜手出現，所以「芭」字不是白字。可以放心。

芭蕉云，產於兩廣與雲南一帶:原來如此，不是人人見慣。我是多見才少怪。關於「芭蕉」，古人又有話云云:「扶疏似樹，質則非木，高舒垂陰。」

蕉樹非木?No kidding!(當真?!)於是馬上又到英文網上驗證一下。沒錯，原來幹柱粗壯，亭亭挺立的芭蕉樹，竟是薑的族親。薑花，玉白清香，嬌潔可人，居然是芭蕉的表妹!又芭蕉樹常綠，這我知道;但信不信由我，芭蕉的確只是一株大草!造化真是令我跌破眼鏡。

越過芭蕉的變種史，三級跳下去，居然還有一段芭蕉，作為我國的文化名詞。漢朝以還凡千年云云，芭蕉因其樹影婆娑之姿，一向用作庭園點綴，入詩入畫。換言之，是有閒階級拿來看，下雨天、點滴淒清、點滴淒清的拿來聽，不是拿來充饑的。芭蕉品種漸演漸變，直至後來云，才不止可看、可吃，而且蕉肉、蕉莖、蕉根、全部據各有高度的藥用價值，可治之病不一而足，不勝枚舉，甚至能抗瘟疫！

這不簡直就像《啟示錄》裡，從寶座流出之河、河邊的葉子有醫治之能的生命樹？一粒沙見世界，一朵野花見天堂，這是英詩名句。原來一根草，也可一窺新天新地！

薛仁貴征東

回到港澳〈雨打芭蕉〉、大雨淋漓的日子。

下雨，我們當然是知道的，但雨有多大、多淋漓，對我和妹兩個家小，乃是時至今日，問明、聽明全局才恍然徹悟的。姐若不提，我們幾乎忘了曾與芭蕉為鄰。

不錯，這個時期，我和妹正在過著魯賓遜的生活。但自從戰後回老家、各人上學分別住校後，一家分幾地已成習慣。再度落難，順時勢之逼，成員不斷的重新排列組合，直到最後，北京、廣州、港、澳各散東西。但折騰的是別人，安定的是我和妹。

我們這二人單位，被安置在澳門，彈琴讀書，一如以往。不錯，食無定所，寢不在家，這兒停停那兒歇歇，但是雖然走馬，卻是有規有律，處處無憂、處處樂。

中午下課，我們跟同學一樣踱下山坡，回家吃午飯。我們午飯之家是坡下連勝馬路某宅樓上、一位女醫師的診所。診所的護士阿姨，善打毛線，當時正在替妹打一件毛衣。毛衣棗紅色、胸前還預備繡花。每飯，阿姨就會笑盈盈的拿出最新完成部份，比比妹的身材。

那家女傭的拿手好菜是蛋餃。我們很愛吃。我們家自從工人出嫁後，家吃老早一落千丈，久未欣逢如此好東西了。

下午放學，回到同路同號，這次是樓下、另一友人繆醫師家。練琴，然後吃晚飯。這家人就是我們老家的鄰居好友。

繆家的年輕女僕，有個笑靨，健談又識字，不時由街邊書攤租借連環圖書回來看。那些日子我們在學校裡學的甚麼，早忘得一乾二淨，唯永生難忘雲姐租回來的《薛仁貴征東》。又彷彿還有一個漁夫，撈到條魚，剖開魚肚子，裡面有條布條，上面寫著「陳勝吳廣做皇帝」甚麼的。記不清這是老師說的，還是雲姐講的。

飯後，我們便由繆家踱回鋼琴老師家。做功課、睡覺。

又是一位鋼琴老師！這位自然已不是老家的那一位了。鋼琴老師我們前後一共三位。〈雙飛蝴蝶〉、〈雨打芭蕉〉的夏理柯是第三位。魯賓遜時期的此刻是第二位。這位老師是澳門教會的琴師，女兒完成學業剛離家，我和妹不知怎的便過繼到她的房間去了。

魯賓遜，不錯，瑞士家庭魯賓遜。顛沛的是別人，我們兩個卻是得天獨厚、不亦樂乎的流浪者，怪不得幾乎忘了曾經落荒芭蕉林。那是不亦樂乎、流浪之前的事。

那段日子很短，變動得很大、很快，實在來不及登記入腦。其實芭蕉園還不是我們逃離老家後的第一站，只是第二站。第一站是澳門水坑尾斜巷、巷頂上的婦女會。

我們的婦女會與婦女全不相干。婦女只是我們的房東，我們的寄廬是二樓、一個超密度、超熱鬧的大雜院。其中的人口倒不是烏合之眾。不錯，都是難友一批，但若非抗日逃難在內地之時已經碰上、就是回老家後，亦是在教會中結識的一家一家人家，各自魚貫逃出了國門之後，免不了在異域教會中又碰上了。天作之合。

究竟是誰先抵澳？那層大樓是誰有幸先找到、租到手的？究竟是誰收容誰？知情的人早聚天家，在地已無案可考。唯一可以確定的，我家不是第一家，必是被收容之列。

就這樣，「真摯朋友這是我手/請給我你的手」成了婦女會舊樓的天鵝之歌。不久，婦女會宣布拆樓，雨燕再度紛飛、各自另覓棲枝去了。我們這一飛便飛進了芭蕉林裡去。

芭蕉日子，就數放暑假由廣州回家的三姐記憶最深。因為她不時得到公共水龍頭去取水回來家用，全身骨痛難忘。此時大姐已被困在北京，已回不了家了。

澳門一個私家園子，裡面除了芭蕉，還有不少其他的野樹。園林裡有幾間出租的小屋子。夜深人靜，無名樹上落下的無名果，像百隻鼓槌、叮咚不停的敲響著幾間薄皮屋蓋的大鼓。我們由婦女會便是飛進了其中的一鼓。

我們的鄰居是一家四口之家：葡萄牙先生、中國太太，加兩個女兒。小女兒倆，一頭蓬鬆的粟色鬈髮，是超好玩的洋娃娃。但是，她們的媽卻無日無夜，屋裡、門外的叫喊，嚷著要自殺。房東是個書生，不時震抖著出來安定人心，幫大家壯膽。

芭蕉日子很短，來龍去脈不知。總之，有一天我們像約瑟出監，奇蹟也似的由芭蕉林被提到了一間真屋的二樓去了。

樓下，我們的房東，上海南逃而來，言語雖不大通，但是很友善。他們家的姐姐學琴也教琴，琴聲不絕。我們上下樓梯時，久不久會窺見有一位洋老師出現，給姐姐上課。聽說這位洋老師駐港，一月只來澳一次，教授這邊的學生。這就是我們的鋼琴老師第三。那是另一個天方夜譚的後事了，此刻不過是曇花首次一現！

無論如何，不是已經納悶過了嗎？我們生命中的連線，除了外婆，或說外婆引進的教會；之外，就是鋼琴，而兩者往往又是重重疊疊。無獨有偶，無偶有三，連最新認識的樓下房東人家，亦是同道，是聖公會會友；之外，恰巧也有鋼琴一架！

人之為人，個人命運，以至家運，本就緊連於國情國運。而我家，除了國運之外，更似乎是無不與教會相連。我家，幾乎就是時代教運的一個縮影。

「……不為富人培養側室」

說也好笑，我們午飯站的李醫師，晚飯站的繆家伯母，住宿過夜站的鋼琴老師，就像我家的姨媽，都是當日時人、不論教內或教外，大約一看就可辨七八、認定是基督教背景的職業新女性，因為儀表氣質、甚至旗袍色澤、髮式都另俱一格。

旗袍樸素而色净，髮髻作西式的馬蹄型。而夫人型的新女性呢，旗袍則都較為奢侈而講究，髮髻則鬆散有緻的拖在腦後。我猜馬蹄髻許是可以自助的快裝。腦後髻，那恰到好處的鬆散，即使不一定必須假手有人，起碼是優閒自助的成果吧。

繆伯母和李醫師是馬蹄髻族，分別是上海伯特利護士學校和廣州夏葛醫校的校友。夏葛女子醫學院，教會創於 1899，1936 年併入嶺南大學醫學院。章程明文：「注重人格，不為富人培養側室」。

鋼琴老師不清楚是何校，反正必是大同小異。我人皆知的只是，解放前，師丈是上海一家史自清朝的教會中學的校長，此時是澳門教會的長老。今日網上還可看到師丈一些當年的學生遺老、懷念上海母校的文字，竟有人提到校長夫人的雍容，說是「束著一支宋美齡髮髻」云云！

我記憶中的老師，倒已髮髻不再，已化繁為簡，燙著短髮，唯雍容如恆。校長夫人，其時已蛻變為負起家計重任的職業婦女。我們寄住的日子，師丈已病殘在家不能工作了。

澳門時段，是我家的非常時期，我們自然明白，但是細節我和妹則懵懂不清，爸給我們寫的信也不提。姐說，因為怕影響我們讀書。眼不見、耳不聞、心便不憂。今日水落石出之後，回溯思量，難不聲聲嘆息。

大姐此時仍在北京。三姐就近，留老家入大一，暑假回聚澳門。假畢回校的前夕，不料，好友繆家伯母，忽然溜夜跑來攔阻，說是她有感動，三姐不可回去！伯母不是三天兩頭、濫感濫動的一類，而是一位智慧踏實、素有見地的人。寫到這兒，令我對迦拿婚筵的故事忽有新悟。

婚筵絕酒的時候，連主人都未知曉，作客的馬利亞便已洞情知急。客人之身，竟可以在主人家的廚房裡作主，且是那麼的自然。一句無以復箇的吩咐，僕人便是無條件、慣性似的聽從。這種信用，這種份量，豈是一朝一夕？這難道不是一個神蹟之外的神蹟？

就這樣，三姐便取消了回程，廢棄了她剛起步的醫學教育。隨後便跟母親到香港爸處，同尋出路去了。而我和妹則仍暫留澳門。如是者我們蜻蜓兩隻，便開始了無憂無慮的逐水草而逍遙。

而此次暑假不曾回聚的大姐，往後連回家的自由都失去了。當他們的教會牧者王明道先生被捕時，連他們這些無名青年，亦遭監視審問。逐日隔離自省、審訊完畢之後，連回宿舍的路線都有限定，不得更改。

這段風聲鶴唳的日子，大姐同家人藕斷絲連、唯一還活著的訊號就是一紙不帶內容的報安便條。規定的路線上，萬幸，恰巧有個郵筒！自此，我和妹便是二十多年沒再見過大姐。

其餘在港的家人，望穿秋水亦繼十年，大姐都不曾被批准過回家省親。已接受為無可逆轉之憾局以後，有一次，爸信裡無意中提起，說是港家三人，為大姐回家之事定期禁食禱告已好些時日。無可指望中，持續不懈。接信的人，水過鴨背，並不指望甚麼。

最後又最後，到果真成事之際，報信的爸和看信的我們，都像做夢一般，難信為實。只是沒多久，大姐到家還不曾喜極，腳還沒能歸踏實地，卻已生悲。京訊傳來，宋尚節的女兒宋天嬰，被判二十年徒刑。她是姐在燕京團契時，牧養她、領她一對一查經的學姐。

而犧牲了學業的三姐，這一失學，亦是等到多年以後，才有正式的機會在美國完成學業。而我和妹之有今日，關鍵也就在三姐的棄學。

麗的呼聲

不久前，有一位華裔鋼琴教授在史丹佛大學演奏，三姐特別跑去聽。事後週信中給大家的匯報，百感交集。字裡行間，深深的感恩之外，是無言的敬畏。妹回信說：貝蒂？我記得的——那個一身白色短洋裝，胸前抱著本琴書的小女孩！

四歲，姐說，我第一個琴學生！

話說三姐隨母親到香港之際，爸謀家計的努力仍不得要領，媽又水土不服，敏感咳嗽得厲害，持續不見起色，就像小孩子的百日咳，五臟像是快要翻吐出來似的。

而棄學的三姐，一到香港便開始了一種游擊打雜的生活。一方面在為流亡學生開的夜校上上課、為流亡學生設的圖書館打打工。但最是全力以赴的作業，則是週遊港九，借琴苦練，因為通過澳門房東姐姐的引介，欣幸拜得了夏里柯老教授為師。然而沒多久，琴正學得起勁，卻再也交不起學費了，不能不忍痛請退。

沒料老人卻不答應。照舊上課，他說，從此免費。

這還不止，無獨有偶，無偶有三：後來我和妹都到聚香港的時候，夏里柯聞訊，三個照單全收，全免！何能如此？是的，實在不能如此。但是就是如此！

話說三姐全香港打游擊的借琴來練。借戶除了幾家先知先覺、早已疏散，在港經已安家的肝膽朋友家之外，就是教會。有一天在教會練琴的時候，師母在後面聽著，若有所思。

「有沒有想過找幾個學生來教琴呢？」她問。這位師母就是後來在史丹佛大學演奏的那位女教授的母親。小貝蒂就這樣成了三姐第一個學生。

到我和妹兩隻蜻蜓終於飛到香港的時候，家，此時是插在一排大樓之中。港式大樓，樓下商用，並有播道教會的一所分堂，上面三、四層樓房則是住家。我家佔二樓一戶之半。狹窄克難是意中事，但因為是前座，臨街，騎樓一列玻璃窗很是光猛，並無與狹窄相應的壓迫感。

小小的所謂客廳，經爸廢物巧用的手，亦已布置得差強人意，焦點是一架黑色鋼琴，一如老家的那一架，一切似是理所當然。三姐在小小的客廳裡教琴，而我和妹就擠在旁邊小房間裡做我們的功課。居然很快便練就了坐懷不亂的本領，耳邊叮噹聽而不聞。

想來那時代的香港人，大家都真夠本領。我們同樓的人家整日聽我們的琴聲並無怨言，而我們也能整日的聽而不聞他們的「麗的呼聲」。大家相安，甚至還成了朋友。後來我家遷到自置之家時，他們還送了一台吸塵器作為賀禮送別。那已是好幾年以後之事了，那時我和妹都已出國。

因為舊信都在我處，當我讀到、並向姐妹們提起這些塵封往事時，妹回信說，邊看我信，禁不住熱淚盈眶。我們之有今日，她說，「三姐，妳那時也不過十多歲而已，真是難以想像……便開始養家了！」

就這樣，由小貝蒂的第一課起步，三姐為師，居然漸入情況，教績大大出乎任何人的意料。到最後，前來求教的學生，大人小孩，居然多到收不完。這當然也是後來之事了。我和妹前後分別赴美之時，拜別的則仍舊是那半層樓，琴聲仍襯托著「麗的呼聲」。

可想而知，我和妹到港家之後，已迅速蛻掉了蜻蜓之身，馬上澈悟了池中之水，滴滴皆辛苦。二人赴美自然都是由於得到食宿全費獎學金才有可能，但是旅費則仍是全靠三姐的血汗。

舊信中讀到，來美途中，由西岸坐三等火車到東岸，先到的一個勸後來的一個說：幾日幾夜棟篤坐（坐得筆直）很難挨的，不要太省，租個枕頭靠靠背吧。勸歸勸，信裡看不出最後是租了還是決定臥薪到底。

〈拉脫維亞狂想曲〉

而這層臨街的克難寄寓，就是我對香港歲月的主要記憶，而最深刻的一瞬就是，有一天，由前窗偶爾下望，忽然瞥見夏里柯老先生出現在對街，正仰頭打量著我們這一邊，彷彿是要確定一下門牌號碼似的，然後過街，消失在我們的騎樓底下。

不到一會，老先生居然出現在我們二樓門外，喜氣喘喘的，原來是急著來報好訊。難以想像那沒有電話的當日。記不清是來報告妹考琴成績絕佳的一次，還是她代表學校參加全市鋼琴比賽，得了冠軍的一次。無論如何，妹後來成了老人的得意門生。演奏會上，間中還有師徒合奏的節目。

夏理柯當日的學生，不知是否人人都像我們一樣，只知他是個流落香港的蘇聯人：一室、一老、一琴，無零。香港有的是難民。大陸解放後，我們上過大課、看過大戲《列寧在 1918》。

我們是毛主席的難民，如此類推，老先生便是列寧的難民。人人都是難民：香港現象，乏奇可陳。老先生孤伶伶了然一身。這也不奇，毛主席的難民不少也是如此。老人似乎久不久得寄錢去接濟一些家人。中國難民更是這樣。

去國以後，書讀多了些、視野廣了些、閱歷又多了幾十年，至今一聽見一個人的種族和出處，馬上會透過他國家民族的歷史來定位這個人的身世。有好有不好，有對有不對，反正這是人之常情。

老師，沙俄末代、聖彼得堡出身。地理之巧，不禁馬上將他放在《安娜・卡列尼娜》的布景之中。但年代，卻是《齊瓦哥醫生》的時代。一加一等於二，於是自然而然的就把他幻想成舊社會幾分浪漫的人物。到底事實是如何？這下我忽然對老先生的確實履歷頗生好奇起來。

能追蹤的資料不多，卻意外的撿到了不少相干、卻又不相干的瑣人瑣事，時代生態。

一向知道作曲家普羅高菲夫是老師的同班。記得當時普氏剛在蘇聯去世。有關普氏的資料自然很多。一看，……回歸……無產階級叛徒……批鬥……，怎麼滿目都是耳熟能詳之我國國事？《國際歌》的理想……英特那雄那爾（法語L'Internationale）就一定要實現……果然如此，原來真的是無分國界。

普氏之命運，既是老生常情，乏奇可陳；但他的死卻是絕無僅有，竟與史達林同日；不止，家且住近紅場（莫斯科中央行政區公眾廣場）。史達林的弔民如蟻，以至普氏的屍體三日之久，無法擠得出家門去落葬。

細看普氏的年代，大為納悶，怎麼跟老師差那麼多年？同班？有無搞錯？再看下去，原來普氏是班上的特級小神童。

老師二零年代由蘇聯浪跡到了上海，輾輾轉轉，最後定居香港。早年曾與馬思瑀合作。他的作品，包括大、小提琴獨奏曲，弦樂三、四重奏曲和一系列中國民調，例如〈漢宮秋月〉等等鋼琴變奏曲。作品中有一部叫做〈拉脫維亞狂想曲〉。

拉脫維亞？為甚麼？甚麼不好想，想拉脫維亞？

原來這位我們只當是蘇俄難民的老人，不錯，生在聖彼得堡，長在聖彼得堡，受教於聖彼得堡，但祖籍卻是拉脫維亞。不止，原來還是猶裔。最後，更大為意外的發現了他和紀大衛（David Gwilt）、衛庭新（Timothy Wilson）三人，雖非華人，但因列為香港作曲家、所以一同在中國音樂史上亮了亮相。

千年亡國族，祖上落籍拉脫維亞，然後淪為帝俄民，然後變成名譽蘇維埃難民，寄生英屬香港，身後歸化中華人民共和國。縮寫就是「生為猶太人，身後中國鬼」。

亞伯拉罕子孫的命運：阿Q的說法，叫做四海為家。聖經預言卻稱之為在萬國之中，拋來拋去。有一天，竟然被拋到毛主席難民、我們房東琴姐姐之家，然後何恩何幸，一拋接一拋，終於落到了香港一個乾旱疲乏的角落，成了我家一注恩泉！

而老師的出生地，聖彼得堡，生前在他的介紹文字上都得特別註明——即列寧格勒。老師今日地下知否，列寧格勒又撿回了原名，無零。不止，他的祖籍，拉脫維亞，甚至還起死回了生。時事、歷史，循環交替，人間常數。甚麼時候再來一個天旋地轉，誰知道？轉是一定的。

爸的存信中，夏理柯的名字再度出現，已是我和妹到美求學之後好些時了。

發信的地址，此時已由那臨街的半層二樓，變為另一新宅。

我們去國之後，姐去上琴課時，不時會向老人家報告一下我倆在美的消息，主要是妹的演奏會，有時是在校，也有被邀到其他大學去的客串。

高峰則是多年之後，研究所畢業時，公共廣播電台、播出鋼琴音樂專題節目，妹是其中一位演奏者。爸的這一封週信，我存下來了。此訊到港，全港殖民，最得意的分明無出兩個難民，一中一蘇，一父一師。爸到處買報紙，老教授說要灌唱片。

這一時期，爸的信又恢復了我們兒時一貫的喜氣洋洋。一會兒報告大姐在遠東廣播電台的節目，一會兒是三姐琴生的考試成績，一會兒是學生聖誕晚會的花絮絮。而他和媽媽二人呢，壯年重拾，更加忙得不亦樂乎。爸從此好像都在忙著開教會的各種會議。

家中的日常，爸素來樂於在信中娓娓給我們報導。人生倘未起步的當日，讀來，不錯，很有家感。但要等到半個世紀後的今日，重新再讀，才大感不可思議。因為人生至是，足已個別證明，我們姐妹四人，無一不是媽媽的真傳，無一人有治家之才。

別人事半功倍之事，我們豈止事倍功半？雞手鴨腳是我們共同的基因。另一怪事，爸作為唯一的男人，卻是家中獨一的巧手，有些事甚而是超級巧手，只是爸不會燒飯。

爸信報告——說是媽在家裡開始了一個每主日下午的街童主日學。上門的小孩子三十多人！我向姐妹們重報重溫此舊訊時，大家都嘩嘩的表示驚嘆，不可思議，這是意味著媽媽多大的決心，多大的努力。

還有還有，我看下去，繼續報告……聖誕節，媽請了教會孤兒院全體幾十位師生同來餐聚。爸詳細的敘述了一個女孩臨時生病，眼看是不可能前來參加熱鬧了，急得不得了，切切禱告，最後竟退了燒，歡天喜地的同大夥一起上門來了。

大家猜，媽不可能是自己下廚吧？即使可能，端出來的聖誕餐，我們笑道，恐怕和孤兒日常的院餐差不了多少……。姐說，那時很可能已經有能力去叫外賣了。

香港後來的新家，我和妹都沒緣見過。忽然想起，容得下全孤兒院幾十人，那不是很大？姐說，香港標準嘛，……爸又特別的本領，布局一向能屈能伸！不錯，我家不論是逃難、還是後來我們分別赴美，行裝無不都是由爸包辦收拾打點。

連小小的皮箱，爸都可以疊到密不透風，箱箱都比眼見的估計重出好幾倍。原來人也可以這樣疊法！

不是嗎？先前那半層克難斗樓，爸不是居然也布置出來了一個小小的客廳嗎？容下了一架鋼琴，外加一師、一生、一家長，見窄不窄，真有法術！追憶資訊交流至此，當日蜻蜓之身、糊里糊塗飛回家時、視為理所當然之事，在洞悉了家難詳情之後的此刻，才忽起疑問。時到當日，我說，我家不是已告山窮水盡了嗎？那兒來一架鋼琴？我問。

姐說，是兩家朋友合資送給我們的。左手做的事，右手不去猜，只有尊重的感恩。

故人故事的追憶，模糊之處自多。人生之為人生，無數隱情細節，不止世紀後的今日不清楚，就是當時亦惘然。不止我們自己不清楚，深信連沿途、當時當事的人物，即使曾經知情，曾經參與，今日不論天上人間，也必早已失憶：主啊，甚麼時候見過你餓，給你吃過飯？甚麼時候見過你渴，給你吃過橄欖？甚麼時候……甚麼時候……能填能充的可能，哪數得盡？

附記：

《時間簡史》這一故人故事系列的大題，襲自天文物理學家霍金之通科名著。霍金之《時間簡史》的出版和暢銷，成了他人生一個分水嶺，連妻子都分了前、後兩任。

曾經同這位極度殘障的丈夫同甘共苦三十年的妻子，在霍金另娶之後，接受記者訪問時，說了這麼幾句話。其實《時間簡史》暢銷、霍金變成了大紅人之後，她說，到處都照料有人，自己實在已經失去效用了。因為自此之後，她唯一能做的事，不過是整日的提醒他，他不是神，如是而已。

霍金在他一人一生的時空裡，觀天地、看宇宙，自信一目了然，認定無神。如果有，或者他的名字叫霍金。

詩人大衛王，仰觀造物的指頭所陳設的月亮和星宿，驚嘆人算甚麼？你竟顧念他！回想自己一生的「時間簡史」，結果是聲聲的自我叮嚀：「我的心啊，你要稱頌耶和華，不可忘記祂的一切恩惠！」

天南地北，傳來我家四疊回聲：

「是的，不可忘記！不可忘記！不可忘記！不可忘記！」

NOTES

我也走你的路：台灣民主地圖第二卷／余杰／定價 420 元

起初，是黑夜／梁家瑜／定價 220 元

太陽長腳了嗎？給寶貝的第一本童詩繪本／黃友玲（文）、黃崑育（圖）／定價 320 元

拆下肋骨當火炬：台灣民主地圖第三卷／余杰／定價 450 元

LOGOS 系列

耶穌門徒生平的省思／施達雄／定價 180 元

大信若盲／殷穎／定價 230 元

活出天國八福／施達雄／定價 160 元

邁向成熟／施達雄／定價 220 元

活出信仰／施達雄／定價 200 元

耶穌就是福音／盧雲／定價 280 元

基督教文明論／王志勇／定價 420 元

主流人物系列

以愛領導的實踐家（絕版）／王樵一／定價 200 元

李提摩太的雄心報紙膽／施以諾／定價 150 元

以愛領導的德蕾莎修女／王樵一／定價 250 元

以愛制暴的人權鬥士：馬丁路德金恩博士／王樵一／定價 250 元

生命記錄系列

新造的人：從流淚谷到喜樂泉／藍復春口述，何曉東整理／定價 200 元

鹿溪的部落格：如鹿切慕溪水／鹿溪／定價 190 元

人是被光照的微塵：基督與生命系列訪談錄／余杰、阿信／定價 300 元

幸福到老／鹿溪／定價 250 元

從今時直到永遠／余杰、阿信／定價 300 元

經典系列

天路歷程（平裝）／約翰・班揚／定價 180 元

生活叢書

陪孩子一起成長（絕版）／翁麗玉／定價 200 元

好好愛她：已婚男士的性親密指南／Penner 博士夫婦／定價 260 元

教子有方／Sam and Geri Laing／定價 300 元

情人知己：合神心意的愛情與婚姻／Sam and Geri Laing／定價 260 元

學院叢書

愛、希望、生命／鄒國英策劃／定價 250 元

論太陽花的向陽性／莊信德、謝木水等／定價 300 元

中國研究叢書

統一就是奴役／劉曉波／定價 350 元

從六四到零八：劉曉波的人權路／劉曉波／定價 400 元

混世魔王毛澤東／劉曉波／定價 350 元

鐵窗後的自由／劉曉波／定價 350 元

卑賤的中國人／余杰／定價 400 元

TOUCH 系列 15

時間小史

作　　者：陳詠
社長暨總編輯：鄭超睿
責任編輯：李瑞娟
封面設計：黃聖文工作室
排　　版：旭豐數位排版有限公司

出版發行：主流出版有限公司 Lordway Publishing Co. Ltd.
出 版 部：臺北市南京東路五段 123 巷 4 弄 24 號 2 樓
電　　話：(0981) 302376
傳　　眞：(02) 2761-3113
電子信箱：lord.way@msa.hinet.net
郵撥帳號：50027271
網　　址：http://mypaper.pchome.com.tw/news/lordway/

經　　銷：
紅螞蟻圖書有限公司
臺北市內湖區舊宗路二段 121 巷 19 號
電話：(02) 2795-3656　傳眞：(02) 2795-4100

華宣出版有限公司
新北市中和區連城路 236 號 3 樓
電話：(02) 8228-1318　傳眞：(02) 2221-9445

以琳發展有限公司
香港九龍灣啓祥道 22 號開達大廈 7 樓 A 室
電話：(852) 2838-6652　傳眞：(852) 2838-7970

2018 年 4 月　初版 1 刷
書號：L1802

ISBN：978-986-95200-7-2（平裝）
Printed in Taiwan

國家圖書館出版品預行編目資料

時間小史 / 陳詠作. -- 初版. -- 臺北市 : 主流,
2018.04

面；　公分. -- (TOUCH系列 ; 15)

ISBN 978-986-95200-7-2（平裝）

874.6　　107000264